eye

守望者

—

到灯塔去

The Sadeian Woman

An Exercise in Cultural History

萨德式女人

文化史的操练

[英] 安吉拉·卡特 著 曹雷雨 姜丽 译

Angela Carter

南京大学出版社

目 录

小　引　　　　　　　　　　Ⅰ

一　辩论性序言
　　造福女性的色情　　　　001

二　神殿的亵渎
　　茱斯蒂娜的一生　　　　045

三　作为恐怖主义的性
　　茱莉爱特的一生　　　　099

四　爱的学校
　　女俄狄浦斯的教育　　　149

五　思索的尾声
　　肉体的功能　　　　　　177

后　记
　　雷德·埃玛答沙朗东夫人　197

参考文献　　　　　　　　　201

小　引

萨德生于1740年,生来即显贵;1814年死于一家精神病院,死时不名一文。他的一生包含了整个法国大革命时期,他去世的那一年恰好拿破仑退位、法国恢复君主制。他站在现代的门槛上,瞻前顾后,那时人们像如今一样自由地热议着人性和社会制度的本质。

萨德的作品关涉性自由的本质,这对女性来说尤为重要,因为他拒绝从生殖功能的角度看待女性性行为。这样的拒绝不仅在18世纪晚期,就是在如今,也非同寻常,即使现在女性的主要功能即生殖的观点已受到质疑。《萨德式女人》既非对萨德的批评研究,亦非对他的历史分析,而是20世纪晚期对他所提出的一些问题的阐释。这些问题关系到受文化决定的女性本质和由此生发的两性之间的关系,这一对抗关系残酷地分裂了我们了解世界的共同斗争,而且本身就是对此斗争的深刻揭示。

一 辩论性序言
造福女性的色情

施虐狂并非最终赋予一项如爱欲(厄洛斯)一样古老的实践的名称；它是一个恰好出现在18世纪末并构成西方想象最大转变之一的大规模文化事实：非理性转化为精神错乱、欲望的疯癫以及对强烈欲望的无限推测中爱与死的疯狂对话。

——米歇尔·福柯《疯癫与文明》

　　我绝非令我祖先非人化的奴隶制的奴隶。

——弗朗茨·法农《黑皮肤，白面具》

　　色情文学作家是女性的敌人，只因我们当代的色情观念并不包括变化的可能性，似乎我们是历史的奴隶而非缔造者，似乎性关系未必是社会关系的表现，似乎性本身乃如同天气一般不可变的外在事实，创造着人类实践却绝非它的一部分。

　　色情关涉人际交往的抽象概念，自我在人际交往中沦为形式因素。这些因素最基本的表现形式便是阴茎和毛边洞，男女两性在涂鸦中的一对符号，乱涂乱画在地铁海报和小便池墙面上的生理象征，根深蒂固、赤裸裸的性别差异最简单的表达方式，色欲通用的图像语言或者说是我们公认的一种通用语言，因为这种语言亘古未变，所以我们断定它永不会变。

在程式化的涂鸦中，阴茎始终坚挺，保持着探究、好奇或肯定的警觉姿态，它仰天翘首、坚定不移。那个洞口则敞开着，一个怠惰的空间，犹如一张等着被填充的嘴。或许可以从这一基本图像衍生出性别差异的整个形而上学：男人渴望，女人除了存在并等待，无所作为。男人积极阳刚，是一个惊叹号。女人消极阴柔，双腿之间空无一物，只有零，一个代表虚空的符号，只有当男性原则填入意义才能成就它。

生理即命运，弗洛伊德如是说，诚如斯言，可惜模棱两可。我的身体不过是极其复杂的组织，即自我的组成部分。涂鸦的解剖学简化法，即男女之间身体差异的反证法，从我身上抽走了"我"的所有证据，只留下我作为哺乳动物的生命的一个方面。它扩大并简化了这个方面，然后将其作为我整个人最重要的部分展现出来。所有关于性行为的神话大抵如此，只不过涂鸦让人们眼见为实。由于纯属天然，它成为表现男女不同性本质观念最直截了当的版本。面对这一象征，我所自命的任何社会存在皆一无是处。涂鸦把我引回我作为一个女人的神话同类，而作为一个女人，我的象征价值主要是一种忍耐与接受的

一 辩论性序言

神话的价值,即一张被拔除牙齿的哑口。

有时候,特别是在荣格的影响之下,一张更加古老的嘴获准施加返祖的控制力。如果我有幸被这种诗性伪严肃所吸引,我下身的嘴或许会被视为一张能够讲话的口。不是有古老的占卜女祭司、女性神谕之类的吗?不是有总是言说真理的卡桑德拉①吗?尽管这样的方式实际上使得无人再相信她。就神话而言,那也不过是活见鬼而已。既然女性的神谕之口如此紧邻肮脏的屁股,我的阴道的确可能会被抬举为一张能言善辩的嘴,可是这张嘴绝对发不出理性之声。在这个对我极具侮辱性的神话再定义(神秘的女祭司)中,我的确获准讲话但所讲的内容仅限于不为男性社会所看重的东西。我可以暗示梦幻,我甚至可以把想象之物人格化,然而那仅仅是由于我没有足够的理性去应付现实。

如果女人任由自己借假想的伟大女神来宽慰自己由文化背景所决定的对智识辩论方法的缺乏,她们只是在哄骗自己屈服(男人常用在她们身上的伎俩)。所有关于女人的神话版本,从关于处女贞洁的救赎之力的神话到治愈调解之母的神话,皆是宽慰人的无稽之谈,而在我看来,宽慰人的无稽之谈似乎是

---

① 古希腊、古罗马神话中特洛伊的公主,阿波罗的祭司。因神蛇以舌为她洗耳或阿波罗的赐予而有预言能力,后因抗拒阿波罗,被诅咒其预言无人相信。

对神话的公正定义。母神是跟父神一样愚蠢的观念。如果说女神崇拜的神话复兴给予女人情感上的满足,那么这种满足是以掩盖真实的生活状况为代价的。这也就是神话最初被编造出来的原因。

神话以虚假的共性来减轻特定情况下的痛苦。没有什么领域比两性关系对此体现得更充分了。涂鸦从神话的这些虚假共性中获得了所有的效果,这一性图像最公开的形式在操作中不需要任何训练或艺术技巧,却总会有观众。涂鸦对人际关系复杂性的野蛮否定也是一种宽慰人的无稽之谈。

如同在所有男女关系的神话图式中一样,在涂鸦图式中,由男人来处置而女人则被处置,正如她在强奸中被处置一样。强奸是一种身体上的涂鸦,对爱的极度消减,在此所有的人性皆背离了具有性征的众生。因此害怕强奸不仅仅是身体上对伤害和屈辱的恐惧(害怕心灵崩溃和支离破碎,害怕不仅限于受害者本人的自我丧失或分裂)。由于所有色情直接源于神话,从最粗陋到最复杂的色情男女主人公皆为神话抽象物,是具有维度和容积的人物。这些对原型男女的再现根本无法表现现实男女。

个体本质不仅没有融入这些原型反而遭到忽视,因为原型的功能便是削弱独一无二的"我",转而弘扬一个共同的具有性征的生命,而后者因其本质实际上并不存在。原型不过是一个高大全的形象,充其量也就是对现实的幻想。

所有原型都是虚假的,但有些原型比其他原型更具欺骗性。性别差异是不争的事实,但阳刚之气和阴柔之气的行为模式与之无关,且仅部分源于这一差异,这两种行为模式皆是受文化制约的变量,共同语把它们转化为共相。这些原型只会混淆主要问题,即两性关系是由历史决定的,是由女人在经济上依附于男人的史实决定的。这一史实而今在很大程度上已成为过去,即使在过去也只在某些时期适用于某些社会群体。如今,大多数女人婚前婚后及离婚后都在工作。尽管如此,人们依然对女人经济不独立的虚构信以为真,而且据此想当然地认为女人情感不独立乃万物自然秩序所固有,从而以此安抚女人接受低工资。她们在工作,却眼看着收入微薄,因此她们断定自己根本不能真正工作。

然而,这一对现实经验的混淆(我从自我经验中获知为真者却非如此)在原型的虚幻爱抚中最明显。世世代代的艺术家想方设法使之显得如此诱人,不少女人受幻想哄骗,心甘情愿地忽略自身反应这样的明证。

在这些美丽的邂逅中,任何一个男人都可能偶遇任何一个女人,对他们的交媾来说,他们的个性远不及他们的性别事实本身来得重要。在第一次触摸或叹息中，他（她）立马被归入大同。（当然，她几乎不靠近他；那可不是完满幻想的一部分。）当她躺在一个男人身下的时候，她当即戏剧性地成了一个女人，她的顺从便是他男子气概的顶峰。在勃起之前，为了显示自己的谦卑，一个男人定会跪着接近一个女人，正如他接近神灵一样。正是这种美妙的思想一直困扰着犹太教和基督教文化中的性史，几乎引起了与性爱即罪的观念不相上下的困惑。同性恋所受到的鄙视可能部分原因在于，他们没有按照惯例采取神话中正确的祭司姿势。同一个美妙思想把一个西方欧洲的习俗提升为唯一神圣化的性交体位，它以极其神秘化的方式巩固了传教士体位。人们把上帝当作性爱裁判，祈求他来担保性的确神圣；罔顾两千年的基督教性压抑的现代牧师也常如此宣称。

从神话的视角来看，传教士体位还有另外一个长处，它意味着把女人比作被动接受、肥沃多产的土地的伴侣关系系统。各种各样的意象将性交诗意化、媚俗化并去特殊化，比如劲风扫谷物、暴雨敲曲木、高塔倾欲倒，全都在赞美飘忽不定、授精授孕、无法抵抗的男性原则的自由与力量以及接纳性土地的沉重向下、同样无法抵抗的重力。天哪，这土地就是我自己。这是一个特别能够自我抬举的观念，我差点被它所诱惑。在极度自欺的情况下，任何一个女人都有可能在那一刹那觉得自己具有伟大的创造性、肥沃、开放、起伏、无名……如此一来，她便彻底丧失了自我，也丧失了自己的伴侣。

他们屈从于无名的那一刻便不再是自己，不再拥有各自不同的生活和愿望。他们不再是相遇后以柔情的互惠公约满足欲望的情侣，而是立即投入男性和女性的做戏之中。

这一行为把我和你转变为他们，情侣的无名阻止了对自我的表达。

因此即使是在实施之时，这一行为也出离了我们。

我们成为自己爱抚的偷窥者。这一行为不过是人生的一部分，却让人把整个人生都交付给了它，可是它并不承认个人的参与。将男人和女人表现为男性和女性，他们特殊的个体存在也就没有了。这些歪曲的场面把我们的性生活从这个世界移开，从触觉经验本身移开。情侣们迷失在否认而非超越现实的隐私空间之中。这一行为绝不会让他们满足，因为它对他们的生活毫无影响。它出现在宗教仪式的神话梦幻时分。

然而，我们的肉体如世间一切事物一般，离开历史，抵达我们自身。我们可能以为自己性交时剥去了社会欺诈。在床上，我们甚至觉得自己触摸到了人性自身的基岩。可是我们上当受骗了。肉体并非无法简化的人类共性。尽管爱欲关系似乎独善其身地自由存在于资产阶级社会扭曲的社会关系中，实际上，它却在所有人类关系中最具自我意识。两个人正面交锋，他们床上的动作完全由他们床外的行为所决定。如果一个性伴侣在经济上依附于对方，那么性胁迫和合同义务的问题就会在爱巢露出其丑恶的嘴脸，而且必然会影响爱意的性表达本质。婚床作为躲避世界的庇护所尤其具有欺骗性，因为所有的妻子必须按合同性交。妓女至少还会像模像样地当场拿到交易款，几乎不会对没有社会认可做伪饰的受雇身份抱有幻想并自吹自擂。可是对她们服务的需求在下降，原因在于其他女人侵入她们的领土来寻找一种新近得到认可的性快感。这一时期，淫乱滥交似乎是自由交换的唯一类型。

然而出人意料的是，无论多么明显地无厘头，没有一张床能免于现实生活非普遍化的事实。我们并非单单成双成对地上床，我们所处的社会阶层、我们父母的生活、我们的银行存款、我们的性期待和情感期望、我们的全部履历（我们独一无二的存在中的所有鸡零狗碎）所合成的文化辎重还会拖累着我们，即使我们对此缄口不言。在我们把伴侣弄进卧室之前，这些考量因素早就限制了我们对伴侣的选择。在博马舍的《费加罗的婚礼》中，伯爵夫人不可能考虑跟她丈夫的仆从上床，即使他显然是现成的最佳人选。在苗头出现之前，对社会阶层的考量就审查了伯爵夫人和费加罗之间性吸引的可能性。如果这一习俗限制了伯爵夫人的活动,那么它并不影响她丈夫的行动,他欣欣然在密谋诱奸自己仆从的妻子。在艾米莉·勃朗特的《呼啸山庄》中,如果中产阶级出身的凯瑟琳·恩肖想跟希斯克利夫同床共枕(后者身为弃儿身世可疑),凯瑟琳不但必须压抑这种欲望,而且还要为此念头付出被社会认可的脑膜炎和早逝的代价。我们的文学就像我们的生活一样不乏各色男女,尤其是女人,出于对阶级、宗教、种族和性别本身等因素的考量,她们否认了性吸引和爱情的现实。

阶级决定了我们对伴侣的选择和对体位的选择。害怕、羞耻和拘谨迫使穷人和无知者黑灯瞎火地交媾。显而易见,性行为的复杂成熟度是教育的副产品。在寒冷的气候条件下,情侣原始的赤身裸体是中产阶级的现象。在北方的冬天,赤裸裸的情侣必须付得起卧室的取暖费才行。控制裸体曝光的禁忌进一步由更宽泛的文化考量所决定。日本人裸体混浴了好几个世纪,世世代代的日本情侣穿着和服性交,即便在湿热的夏天也不例外,甚至连发髻上的发梳也不摘除。还有一个复杂之处,他们并不欣赏裸体的情色,而是以令西方人忐忑不安的温和坦然相互观看裸露的生殖器。

生育控制是性教育和官方法规的副产品,这类法规与廉价或免费避孕法的普及有关。即便如此，一个穷女人会发现自己被做了绝育手术，而她当时想要做的不过是一次人工流产。她无法掌控自己的生育，她的能力被社会管理者永久拿走了，他们早就认定贫穷即愚蠢，而一个穷女人根本不会有自己的想法。

五芒星①这张床上神奇的隐私本身可以仅用金钱买下。隐私的缺乏会限制性行为的复杂成熟度，而在满是孩子的房子里，隐私是奢求不到的。

给这些社会经济的考量平添一份羞耻、憎恶与德行的犹太-基督教遗产，居于原初的冲动和对自我最基本的首肯之间；这种文化中的人竟然能学会性交可真是一个奇迹。

肉体走出历史，来到我们身边，掌控我们肉体经验的压抑和禁忌亦如此。

实际性交方式的本质是由不太亲密的人际关系中发生的历史演变决定的，正如男人和女人的实质能够随着社会结构的变化无限调节一样。我们的知识是由知识的社会边界决定的，例如18世纪的好色之徒萨德，他知道操控阴蒂是开启女性性高潮的独特密钥，然而一百年之后，维也纳知识分子西格蒙

---

① 在古埃及被作为冥界子宫的符号。在希腊神话中，五芒星是大地女神科尔的象征。

一 辩论性序言

德·弗洛伊德不愿相信事情竟然会如此简单。一方面,社会容许一位18世纪的贵族跟多个女人上床,而19世纪中产阶级的一员却不行;另一方面,通过这样的方式可对女性性行为保持一种真正的好奇。跟狭隘的哲学家萨德相比,精神分析学家弗洛伊德可获得对人性的整体概念更加丰富的理解。由于历史的作用,知识的社会边界在一些领域扩大了,而在另一些领域却缩小了。

简而言之,性行为从来不会表现在真空中。尽管人生古老的顺序(出生、性交、生育、死亡)似乎是普遍经验,但这种普遍性并非其中最重大的意义。既然人类创造了历史,那么也因此创造了我们生活中似乎绝对永恒不变的方面,或者说创造了决定生活本质的环境。生与死,这两件绝对无法避免的事完全由它们所在的社会环境所决定。性交和生育之间不再有必然的关系,而性交和生育也不是所有男女时刻践行的活动。无论实行与否,都有选择戒除的自由。女人的性行为和生育经验跟男人迥异。跟穷女人相比,有钱的女人对此更具掌控力,因此有可能真正享受到性交和分娩的乐趣。穷女人认为这些事情糟糕透顶,原因很简单:她们没钱,买不起安逸、私密和帮手。

人类经验具有普遍性的观念是一个骗局,女性经验具有普遍性的观念则是一个聪明的骗局。

色情就像婚姻和浪漫爱情小说一样,为虚假的普遍化进程添砖加瓦。它的过度属于历史和地理之外不受时间和地点影响的区域,那是法西斯艺术的诞生之地。

尽管如此,毫无疑问会有一种色情美学。它绝不会是为艺术而艺术。足够体面的是,它始终是一门有活儿干的艺术。

我们即将探讨的色情文学是色情的特定区域,它具有好几重功能。从某种不该遭受鄙视的层面上来看,它可以充当无经验者的指导手册。然而,我们的文化及其性玄学把对性机制的描述贬为粗糙的功能主义。在性教科书中,性交依然付之阙如。因此,色情首要的和最具人性化意义的功能是激起性冲动。它是通过忽略第一重功能来实现该目标的,往往用十分诱人的措辞而非确切的语言(因为这可能会让性行为显得很可怕)来描述性行为。

色情叙事中的情节功能也是如此。它的存在全然是为尽可能多地发生性行为提供机会。这里没有张力冲突或出乎意料的余地。我们都知道将会发生什么,那便是我们读此书的原因。行动者必须在形式上尽可能频繁和巧妙地操,而人物刻画必然会因此受到限制。可是他们这么做并不是因为他们一直欲火焚身。在色情作品中,对欲望的自由表达就像在婚姻中一样格格不入。在色情作品中,无论男女都要操,因为操是他们

一 辩论性序言

存在的理由。操是他们毕生的事业。

于是妓女便成了色情文学作家最喜爱的女主人公,尽管一个妓女行动的经济层面(这是她在现实世界的主要关注点)往往被轻描淡写。她的劳动便是她的私事。在这个语境下,工作的确是个脏活儿,是一件说不出口的事儿,甚至是无法言说的。我们也许不会谈论它,因为它重新唤起了对这个世界的质疑。在这个私密化的宇宙中,快感就是全部工作,而工作本身是难以启齿的。专注于作为生意的妓女营生会给一种图式带入过多的现实因素,而这一图式首先是淫荡幻想之一。总的来说,色情文学作家关心的不是如何去扩展他们所采用的体裁,从而容纳一个更开阔的世界观。原因在于色情是艺术孤苦伶仃的小妹妹,它所具有的功能主义使它变得不可靠,它更多是应用艺术而非纯艺术,因此其创作者几乎从不认真对待它。

只为自身而存在的纯艺术是阳痿末态的艺术。如果没有人(包括艺术家)把艺术看作一种了解世界的方式,那么艺术就会沦为一种思想的游艺室,艺术家的不负责和艺术跟实际生活的不相干成为艺术实践不可或缺的部分。尽管如此,色情书写还是与其他文学类型一样,保有把肉体转变为文字的特点。这是文本对淫荡幻想所做的真正转化。

语言结构本身令人心安。我们知道自己并未在跟真正的肉体或类似的东西打交道，而是在对付一个巧妙呈现的语言模拟物，它具有撩拨的力量，但自身不能满足欲望。就此而言，读者或消费者进入画面之中；色情的读者或消费者往往是赞同某种社会虚构的男子气概的男人，这显示出他有一种社会优势，能让他有机会购买他人的肉体（好像买肉一样）。他对这种虚构的信赖让他无法意识到他得到一本色情小说后，便带着自己的欲望和自己的孤寂投入了一场游戏，他无止境地激发欲望和孤寂，却从未坦然面对。

因此大脑内含的被忽视的贪得无厌是色情的一个特征，它让读者去自行解决自己的问题，因为它使他相信自己那种书本本身无法满足的欲望的无能，与此同时他又通过从虚构中获取的幻想来缓解孤独。

在阅读色情小说的过程中，读者和书籍之间一对一的关系空前显著，因为忘我于文本几乎不可能。在色情文学中，文本有意留下一个空白，以便读者可以在想象中登堂入室。然而文本所描写的读者加入的活动并非吸引读者进入或让他们"抽离自己"的全部世界。它是从这个世界如此完整地抽离出来的一个基本活动，以至于文本会不断地使读者想起他堪忧的自我，想起他自己的现状（以及现状的种种局限），因为无论他多么想操故事中甘情愿的女人或男人，却不能付诸实践，而是必须满足于某种形式的替代活动。(色情消费者虚构的男子气概包括同性恋色情中的男性化主人公,那是一个与实践无关的阳刚之气的概念。)

读者的隐私被他自己的欲望所侵犯,这些欲望延伸到他正阅读的书本之外的世界。然而,文本承诺的满足感的奇妙性绕开了这些欲望,它拒绝给予肉体任何不妥协性,其实就是性别特征,因为性欲是人所拥有的一个明显特征,而色情只能让它的幽灵存在于性兴奋的瞬间。这些幽灵无法参与现实世界大范围的活动,在现实世界中,性行动并非始终是所有人的头等大事。

色情扣人心弦的特性、对读者感官直接的正面进攻、在一个非智识层面跟读者直截了当的约定以及它的哗众取宠都让人想到宣传所采用的方法。的确,色情说白了就是对交媾的宣传,一种人们本来就会认为并不需要太多宣传的活动,因为大多数人一旦懂得如何去做就会想做。

色情让某读者清楚看到它对性行为的社会事实的否认。色情基本上是由男人为男性主顾生产的,让人觉得有点类似于男性妓院。任何层次的女人往往都被挡在色情之外,其似是而非的理由通常是对性行为的描写无法激发女人的情欲。如果色情是男人为男性读者群生产的,它所关心的仅仅是两性之间的关系,即使是同性恋色情这个专区也把行动者按照性类型来划分,大致可以分为"阳刚型"和"阴柔型"。因此,所有的色情都存在方法上的缺陷,是由旱鸭子写给旱鸭子的航海手册。

许多色情小说都是用似乎是女人的第一人称写的,或者是把一个女人作为叙事焦点,然而这种手法只不过强化了虚构作品的男性取向。约翰·克莱兰(John Cleland)的《芬妮·希尔欲女回忆录》(*Fanny Hill, or Memoirs of a Woman of Pleasure*)和匿名作者①的《O娘的故事》(*The Story of O*)是两部这种类型的经典,都是通过虚构一个女人的性行为来描述她的心路历程。实际上,这种技巧保证了文本中所留的空白刚好够读者把他的阴茎插入尺寸合适的芬妮的阴道或O娘的肛门。色情以最亲密的方式把读者卷入其中,然后让他自行解决自己的问题。文本中的空白也许正好是一个年轻男人肛门或口腔的尺寸,因此也把他归为不在场时最为瞩目的类型,归为色情大礼看不见的领受者,即意淫对象。

因此,色情强化了性原型的虚假通性,因为它否认了性活动发生的社会背景或者没有为它找到时间和空间,或者说由于色情潜在的意识形态,忽略了可修正这一活动本质的社会背

---

① 作者为法国记者、小说家安妮·德克洛(Anne Desclos,1907—1998),她以波利娜·雷阿日(Pauline Réage)这个笔名出版了《O娘的故事》。

景。如此一来,色情必须始终持有寓言那虚假的简明性;对肉体的抽象化包含对肉体的神秘化。由于它把性戏剧中的演员简化为纯粹功能性的工具,对快感的追求本身变成了形而上学的探索。当色情文学作家声称阴茎在孔口的摩擦是这个世界的头等大事、整个世界为此意乱神迷之时,他不知不觉地变成了玄学家,因为此话一出口,整个世界便无影无踪。

色情就像讽刺,都有一个内在的反动机制。其效果所依靠的观念是,人的本性恒定不变,而且也不会因所处的社会制度的改变而变化。腹股沟的原始之痒在跨国企业集团和核心家庭出现以前就已存在,而且由于非法地支配着它们,将会比它们更持久地存在下去。性行为的分裂性、被包容的无能、本我大锅的溢出(这些都是性行为基本的不变量)表达着色情文学作家的意见,色情本身就是对人类伪饰的讽刺。法官对荡妇宣判的时候,长袍下面隐藏的是勃起的阴茎。内阁大臣早早从办公室开溜,去会应召女郎。死囚的脖子咔嚓一声断了的那一刻,当众行刑的刽子手开始射精。我们取笑老亚当(人类原始的罪恶本性)的无所不能,取笑他将怎样想方设法屡屡得手。当我们授予老亚当如此大的权力之时,当我们根本不自问是什么成见让我们认为理应如此而把性行为降到最小公分母的地位之时,我们对自己和老亚当制造了最大的冤案。

由于性行为既是人类的事实也是社会事实，因此它会随着生活条件的变化改变其性质。如果我们能够把世界的语境复原为这些影子的怀抱，那么也许我们可以利用影子的活动来获得一个新颖的世界观并在某种意义上改变世界。人们经常在最残酷的意义上对彼此的所作所为，便是作为一种隐喻的色情性行为存在的理由。然而，色情文学作家当下的业务是尽可能地抑制隐喻，留给我们几个空洞的辞藻。

色情图片、色情电影和色情叙事文学都是性虚构和性交虚构的纯粹形式，也是这种异化活动最显眼的地方。然而，所有包含情色（情色即上层人士的色情）元素的艺术都包含着相同方法（即作品会如同一个女人"拉"一个男人或一个男人"拉"一个女人一样去"拉"读者）的可能性。

所有这样的文学都有潜力迫使读者重新评价他与自己的性行为之间的关系，也就是说通过图像或文本的仲裁重估与自己的原初存在之间的关系。对女人来说也是如此，也许更是如此，一旦我们认识到色情强化她的否定性原型的方式，以及这么做的原因仅仅是大多数色情始终服务于现状。这是因为其基本的形而上学妨碍了现实生活，阻碍我们看清现实生活。如果我们失去了这个世界，也许就无法重新评价这个世界。真空中的淫荡幻想是最纯洁但最冷酷无情的白日梦形式。因此色情通常用以平息缓和所有性行为的易爆潜能,这也就是它为何作为一种镇压工具(不仅镇压女人,也镇压男人)由这个世界上掌握政权的少数人制造并为其服务的主要原因。色情把性交置于它该在的地方,那就是放在地毯下面,也就是置于日常人际交往之外。

色情电影影后的性行为由其在社会中的从属地位所控制,没有展现出威胁性。琳达·拉芙莱斯[①]不相信妇女解放运动。她怎么会相信呢?芬妮·希尔放弃了情妇的支配地位,高高兴兴地去做处于从属地位的妻子,而且把她辛辛苦苦挣来的所有钱财都拱手交给她的查尔斯。相较于接收查尔斯的性掌控并在他独有的经济制裁下选择一夫一妻制和母亲身份,这是一个影响深远得多的顺从姿态。芬妮心知她的查尔斯是她最后一个最高效的皮条客。O娘没有那么复杂,因为她的经济支撑手段没有像克莱兰对待芬妮那样被深入探究过。O娘更满足于以她的圈子为乐,她是所有女人的榜样。

平心而论,色情有助于(总是如此,除了个别例外)强化特定社会现行的价值观和观念体系的时候,就会得到默许;要是情况相反,就会被禁。(这已表明,萨德的作品被禁近两百年的

---

① Linda Lovelace(1949—2002),美国色情演员。

原因不只是伤风败俗；只有在法国大革命时期和当代，公众才能见到他的著作。）因此，市场上平民能够负担的色情的增长，尤其是专供男性消费者却针对女性的那种色情类型的肇始，并不意味着性执照数量的增加。如果真有这样的执照，那么就需要重估社会习俗。它只可能表明对自慰而非性交持更加开放的态度，而且强化了对与自我之关系的唯我论关注，而这是一个黄金时代的幻想。

当色情抛弃了自己存在主义的孤独特性，脱离了无时间性、无地点性的庸俗领域而进入现实世界的时候，它便丧失了安全阀的功能。它开始对现实世界的真正关系评头论足。因此，色情文学作品获得的真正的文学和艺术技巧越多，其颠覆性就可能越强，因为它更可能影响读者的世界观。此前在梦中温柔地向他敞开的文本会鼓起勇气，粗暴地把他驱逐到现实的苦痛中去。

有一种自由主义理论认为，艺术去除了情色中潜在的颠覆性，同样是艺术的色情失去了震惊和磁性，就都"安全了"。这一理论的实质在于，一旦色情被称作"艺术"或"文学"，就会被打上赞赏精英文化的印记，许多普通人由于害怕沉闷无聊，会出于习惯敬而远之。在处理色情素材时，情节设置和人物塑造这样的文学技巧用得越多，色情文学作家就会更多地面临真正性接触中固有的道德矛盾。他会发现自己陷入两难境地：是选择这个世界还是选择梦遗？

道德色情文学作家可能会从这样的两难之境中诞生。

道德色情文学作家会是这样一种艺术家，他把色情素材用作对一个世界的逻辑的部分接受，在这个世界中所有性别都持有绝对的性执照，他还为这样一个世界的运行设计了可能行之有效的方式。一个道德色情文学作家可能会把色情作为对两性关系现状的批判。他的职责是将肉体彻底去神秘化，然后通过对性行为的无限调节揭露人与其同类真正的关系。这样一位色情文学作家不会与女人为敌，或许是因为他能开始穿透蔑视女人的核心，这种蔑视扭曲了我们的文化，甚至在他于书写中进入真正的淫秽之地时也是如此。

然而，色情文学作家更常见的业务乃是宣称肉体的功用即纯粹的快感，这本身就是对肉体功用的神秘化，因为除了引发对快感自身本质的追问，肉体还有相当复杂的功用。不过快感的本质并非色情文学作家的关心所在，在他看来，性快感就是一个特定的事实，是身体并置必然的伴随物。

正是在这一点上他把活生生的、令人不安的有性别的女人转换成了一个丧失性别的洞，而把活生生的、令人不安的男人直接变成了一根探针。色情成为一种田园诗，性行为成为一种迷人的、装饰性的行为，可以无痛无汗、无土无果地完成，而它的图像则成为公共场所非正规壁画极为合适的题材。前提是，对性行为最简单的描述并不会同时唤起如此复杂的反应。

那是因为男女之间的性关系总是能够明确展现发生性行为的社会中社会关系的本质，如果清楚地加以描述，性关系还可以对那些关系构成批判，即使那不是而且从来也不是色情文学作家的意图。

因此无论色情表面上如何虚假，它总是会在无意识的层面上揭示性现实，而且这一现实可能非常令人不快，是一个远离官方现实的世界。

一个男权社会制造了一个女性普遍默从的色情，或者说是作为补偿的欺骗性的由女性支配的皆大欢喜。手持棍棒和鞭子的斯特恩小姐，戴着皮面罩、穿着尖利高跟靴的佩因女士，都是真正的奇幻，是对"摇摇篮之手统治世界"这句老话的扭曲。这只持鞭之手除了摇晃摇篮让她的主顾入梦之外无所作为。斯特恩小姐的统治仅限于闺房。她会利用器械为她的主顾唤起天堂、地狱和炼狱，会全方位蹂躏他的身体，折磨污辱他，在他身上拉屎撒尿，然而她的残酷展现的不过是受害者或病夫在面对自己引以为耻的性行为时所产生的负罪感。她并非为着自身的利益或自得其乐而残酷。她表面上不可一世之时，实际上却卑躬屈膝之至。斯特恩小姐和她那假扮的受害者之间已达成了一个相互羞辱的协定,与他所经受的痛苦相比,一身怪异装束的她更严重地被自己实施的色情暴力所残害,因为他的痛苦简直就是他的度假生活,而她的残酷却是她现实生活中的经济事实,如此辛勤的劳作。你可以在色情小说中描述他们两人之间的共谋关系,可是一旦把这种关系与她的按揭、女佣的薪水和洗衣费相关联,便是在借色情宣传技巧表达一种世界观,这种世界观与一切均发生在一所纯真被玷污的幼儿园里的观念相背离。一所幼儿园?在我们的社会,只有小孩子不需要工作。

有意识地利用宣传,即色情"抓眼球"的效果来表达一种超越这种纯真的世界观的色情文学作家,很快就会发现自己深陷政治浑水,因为他开始发现自己在从性接触的角度描述这个世界的现实状况,甚至发现这些接触的实质阐明了这个世界本身。整个世界变成了一座巨大的妓院,而我们自信拥有最多自由的生活之地被视为条条框框最多的地方。

没有什么能像性关系的本质一样对想象产生如此强大的控制力,色情文学作家掌控了它,于是成了一名胁迫想象的恐怖分子、一名性游击队员,其目的在于颠覆我们对这些关系最基本的观念,将性行为重建为主要存在方式而非远离存在的一段特定假期，以及展现出日常的同房是对夫妇俩自我标榜的嘲弄，而最自由的联姻可能包含着最糟糕的剥削种子。萨德就这样成了一名胁迫想象的恐怖分子，把性关系被忽视的真相转化为一场残酷庆典——在女人自己不是活人祭杀手之时，她们就成了主要祭品，小母羊和斯特恩小姐的结合，两者的相似之处仅在于她们总是处于另一半人类的监控之下。

作为恐怖分子的色情文学作家不会把自己看作女人之友，那可能是他想到的最后一件事。然而他总是不知不觉地成为我们的盟友，因为他开始接近某种象征性的真相，而那些马屁精色情文学作家只能带来危害，他们就像给各种色情中最柔和的女性杂志撰写爱情故事的阴险小人。不过，无论审查制度有多宽松，他很快就会侵入审查最严密的领域——色情暴力。

这个禁忌之地在理论上始终不容侵犯，即使男人之间的暴力完全逃避了审查制度。歹徒的机关枪可以尽作者或制片人之情去扫射无辜的受害者，警察为了证明其制度的优越性可以炸光犯罪分子。战争小说和战争片把暴力死亡、伤害和残肢用作一种装饰，一个男人外表上的男性化刺绣。暴力这种活跃的男性原则的剧烈形式是男人的事情，他们的性别赋予他们把让人遭受痛苦作为征服标志的权力，征服者则有权彼此伤害，因为这只会让我们更加害怕他们，而他们可以像造物主一样给予和接受痛苦。然而要用艺术的方式展现男人对女人实施的色情暴力会过于下流,将遭到铺天盖地的谴责。

也许这非常清楚地揭示了暴力始终是制度证明其优越性的方法。它会极其危险地提醒人们,我们的社会对女人的损害和加剧这种暴行的罪行。此外它还暗示我们,男性的政治支配地位可能更多的是一个原始蛮力而非道德优越感的问题,而这会在一定程度上去除支配地位自身的魅力。

不过事实不仅如此。色情暴力的鞭笞、毒打、挖凿和戳刺重新唤起了人们对女性创伤、女性遭阉割后的流血伤痕的社会虚构的记忆,它是如同俄狄浦斯神话一样深入西方文化心灵的精神虚构,它与产生文化的想象和现实之间的复杂辩证法有关。女性阉割是一种虚构事实,它渗透了男人对待女人的态度和我们对待自己的态度,它把女人从人类转化成了生而流血的受伤生物。

非常遗憾的是,我们可以在艺术中却不能在生活中禁止这些流血,因为毒打、强奸和伤害都发生在隐秘之处,官方审查难以企及。不被承认的以爱的名义实施的心理残害也在私底下发生着。

萨德是这些残害的鉴赏家。他是一名极端的作家,描写了一个行将消亡的社会和社会关系体系,即法国旧制度末年的林林总总。茱斯蒂娜和茱莉爱特的故事就发生在法国大革命前夕。《索多玛120天》(The Hundred and Twenty Days at Sodom)的故事背景是17世纪，故事的主人公把他们从三十年战争①中获取的巨额利润投入凶残的假日。《闺房哲学》(Philosophy in the Boudoir)发生在1789年到1793年之间的某个时间段，室外有一段戏剧性的插曲，他们在平等宫的台阶上出售革命宣传册，而闺房中的人是属于特权阶层的贵族。萨德在他所有的小说中主要以色情的方式写作，他利用这种方式对人类进行极具杀伤性的讽刺，而小说发生的历史时间对讽刺必不可少。

在讽刺作家和色情文学作家中，萨德非同寻常，这不仅仅是因为他比他们大多数人走得更远，更是因为他能够相信（虽然只是断断续续地）有可能从根本上改变社会同时改变人性，如此一来，由神、君王和律法这权威的三重男性象征所代表的性本恶将会最终离开我们。只有那时才有可能自由，在那之前一个阶级或性别或个体的自由需要他者的不自由。

可是他作为色情文学作家的工作偏重描写和诊断而非预防和预言。他所创造的不是一个满足性欲的人造天堂，而是一

---

① 三十年战争(1618—1648)是由神圣罗马帝国的内战演化而成的一次大规模欧洲国家混战。

个地狱样板,在那里,性欲的满足包含施加和容忍极度的痛苦。他把一个不自由的社会语境中的性关系描写为纯粹暴政的表现,通常是男人对女人,有时是男人对男人、女人对男人或其他女人。萨德所有令人震惊的纵欲有一个常数,那就是执鞭之手总是掌握真正政治权力之手,而受害者则是几乎没有、根本没有或被人剥夺了权力的人。在这样的模式中,男性意味着暴虐,而女性则意味着殉难,无论男人和女人的官方性别是什么。

在色情文学作家中,他之所以不同寻常是因为他很少(如果有的话)让性行为本身即刻具有吸引力。萨德拥有一种质疑性行为每个方面的奇异能力,这使我们看到感伤情人那纯洁之吻只不过与吸血鬼采血的吻痕在程度上有所不同,我们明白了冷漠的爱抚和冷漠的鞭打只是在量上有所不同。在萨德看来,所有的柔情都是虚假的,是欺骗,是陷阱;快感自身包含着暴行的种子;所有的床笫都是雷区。因此,贞洁的茱斯蒂娜命定要度过无片刻欢愉的一生,只有这样她才能保持自己的贞操。然而她的姐姐和对立面——邪恶的茱莉爱特在追求快感的过程中使自己彻底失去了人性。

萨德的第一部长篇小说《索多玛120天》所记录的在任何妓院均可获得的简单的性倒错,将会贪得无厌地日趋复杂且永远不会满足于自身,并将会在其最后一部长篇小说复杂致命的仪式中达到高潮,而这本书的结局是一座纯肉体的地狱。由性编纂者德格朗热夫人叙述的最终的激情被称作地狱游戏,由装扮成群魔的虐待者协助的游戏发明者自己则假扮为魔王。

在日趋精致的性倒错的永恒孤独中,在一个绝对的自我中心之中,萨德的浪荡子们控制和维持着一个外在的社会,他们在此所体现的制度还是性倒错。

这些浪荡子都是大贵族、地主、银行家、法官、大主教、教皇和某些通过卖淫、投机、谋杀和高利贷暴富的女人。他们具有下地狱者的悲剧性风格和恶魔的聒噪,他们没有内心生活,没有自省。他们的行动就是他们的全部。他们以令人憎恶的特权与世隔绝,与此同时又控制着整个世界。

萨德那些成为浪荡女的女主人公接受下地狱(我指的是被驱逐出人类生活)就是人生的必然现实。这就是浪荡者的本质。她们把浪荡子作为仿效的对象,虽然放荡可能是两个性别都渴求的状态。因此萨德创建了一个女怪物博物馆。他把女人的身体切碎后按照他自己谵妄的形状重新组装。他更新了所有的古老伤口,每一个伤口都不放过,让它们再次流血,似乎它们永远不会停止流血。

他会不时地中断讽刺,用足够长的时间来设想一个无需任何人流血的世界。然而,这个世界只有经过剧烈的转型并重新开启一个绝对平等主义的社会才能有这种可能。尽管如此,还是有可能出现这样的转型;在这一点上,萨德变成了一个空想家。他的乌托邦思想采用的是卡夫卡的形式:"希望是有的,但与我们无关。"插入《闺房哲学》的宣传册的标题表达了萨德式乌托邦:《继续努力吧,法国人,要是你想成为共和国公民》。可能有人会做出努力,但这未必会发生;也许那些努力的人会有希望。

萨德用性暴力的色情文学类型来描述女人的状况,但他相信,只有通过性暴力的手段女人才有可能在破坏和渎神的实践中治愈社会给她们造成的伤痕。他把肉体作为自身存在的证明来改写笛卡尔的"我思故我在"——"我操故我在"。他从这个格言出发构想了一种操的恶魔抒情性,因为在一个压抑的社会中把整个性欲付诸行动会将全部情色转化为暴力,把性欲本身变成永恒的否定。萨德说,操是所有人类关系的基础,然而创造和维持那些关系的社会本质致使行动戏拟了所有的人类关系。

他扩大了性行为中主动性和被动性之间的关系,把暴政包括进来并接受了物质和政治压迫。他小说中的大人物们(政客、君主、教皇)都残酷至极,而他们的性贪婪具有一种纯粹的破坏性;他们想要操整个世界,在他们看来,操是实施灭绝行动。他们的拥抱使人窒息,他们的高潮似乎要使他们的性伙伴爆炸。而他的大女人们(茱莉爱特、克莱维尔、博尔盖塞公主、俄国的凯瑟琳大帝、那不勒斯的夏洛特)一旦尝到权力的滋味,知道如何把她们的性行为用作进攻的武器,就会变得更加残忍,以此来为自己被动地作为他人性能量的对象时被迫蒙受的耻辱进行报复。

一个身处不自由社会的自由女人会是一个怪物。她的自由会是个人特权的一个条件,而她行使特权时剥夺了他人的自由。最极端的剥夺就是谋杀。这些女人在进行谋杀。

如同她们的男人一样,这些女人的性行为映射了她们的无人性,是对"操"这个字眼在性交和掠夺的双生意义("糟践""搞砸""他被操了")中矛盾关系的放大。

女人通常不会在主动的意义上去操。她们在被动的意义上被操,因此无意识地被糟蹋、被收拾、被破解。无论萨德说什么或没说什么,他都毫不含糊地为女人的性交权表态,似乎在人类普遍意识到操之本质的过程中,女人攻击性地、暴虐而残酷地去操会是一个必要的阶段;如果此事不是平等主义的,那它就是不公正的。萨德没有暗示这个过程本身,但他敦促女人们尽可能地主动去操,这样一来,在她们迄今尚未开发的巨大性能量的驱动下,她们将会一路操入历史并且以此改变历史。

一　辩论性序言

　　萨德有个奇异之处是他提出了一个绝对性欲化的世界观，一种渗透一切的性欲化，与他的无神论相差无几，因为他不是一个教徒而是一个政治人，他没有把女性性行为的事实视为一种道德困境，而是将其看作政治现实。

　　事实上，他把所有的性行为当作政治现实，由于他自己的性行为直接使他违背了法律，这也就难以避免了。他成年后的大部分生活都是在监禁中度过的，因为他自己的性趣味践踏了他的社会化；他的性倒错以他自己的名字进入了字典。

　　尽管他以无与伦比的勤奋记录了他的性幻想，且这些幻想以最恐怖的折磨为乐（即使在他的小说语境中，他构建了一个颠倒的伦理上层建筑以使这些残酷行为合法化），然而他自己在生活中的性实践始终相对黯然。从他卷入的两次案件（1768年的罗丝·凯勒事件和1772年一群马赛妓女对他的指控）的证据来看，他似乎喜欢施予和接受鞭笞、窥阴、主动和被动肛交、做这些活动的观众。这些并不是非同寻常的性偏好，虽然作为幻想比较常见且购买时总是价格不菲。它们在私下发生时，即使违反法律通常也被忽视，正如法律对鞭打妻子和消遣性绑缚视而不见一样。然而萨德似乎始终不能私藏他的恶习，他似乎意识到了这些恶习的示范性，而且也许由于罪恶和犯罪概念对他那总是智识性、绝非肉欲的享乐观来说必不可少，在他感到行为本身已经被完成之前,他可能需要召唤自己有意识地否决其正当性的惩罚。

罗丝·凯勒事件尤其具有一种奇妙的戏剧性,是付诸行动的钱色寓言。这个36岁的女人是一个糕点师的遗孀,复活节那天她在巴黎乞讨,那一天对反神职的萨德来说意义特别,是大声呼唤着让人来亵渎的一天。根据她后来提供给警察的证词,公共广场上一位衣着考究、相貌英俊的绅士向她走来,暗示她应该愿意挣一克朗。她同意之后,他把她带到一幢私人住宅的一个房间里,鞭打她,然后给她食物又要给她钱,她都拒绝了。他把她锁在房间里,但她不久就从窗户逃走了并把她的遭遇讲了出去。萨德坦率地承认他雇了她并鞭打过她,可是他说罗丝·凯勒完全知道他并不想让她像她宣称的那样打扫他的房屋,而且他们事先约定她要跟他去赴一个放荡的聚会。这桩麻烦事以私了告终。罗丝·凯勒被说服撤销了起诉,收到了高达2400法郎的巨额赔偿和7个法国金币的疗伤敷料和药膏费用。

这一事件令我着迷。它具有布莱希特的剧本的完整性和清晰度。一个来自第三等级的女人,一个乞丐,一个最贫穷的人,把富人特有的恶习转变成了伤害他们的武器。在萨德将要写出的小说中,他让强盗首领拉·迪布瓦说道:富人的麻木不仁证明了穷人犯罪的合法性。罗丝·凯勒也许期望与侯爵发生性关系,然而鞭笞犹如一个毫无来由、出人意料、不受欢迎的惊喜落在她的身上,这把她的手转向了敲诈勒索,可是谁能责怪她呢?对一个乞讨的女人来说,这是一个颇具讽刺意味的胜利;被害人变成了胜利者。

此时的萨德本人绝不是法国大革命之后的普通公民萨德。他是多纳西安-阿方斯-弗朗索瓦、萨德侯爵、索芒和拉科斯特的领主,在布雷斯、比热、瓦尔罗雷和热克斯都有地盘(他拥有大部分普罗旺斯地区),在法国其他地区也有相当大的领地。就算租户给他缴纳的租金不能总是马上兑现,尽管生活奢侈,他还保有良好的信誉,此外他还有一个富有的妻子。他的贵族头衔源于12世纪,他与王室有亲缘关系,他生活中的一切都让他确信这个世界有义务照顾他而且他可以随心所欲地生活,除了有一个抗议的乞讨女人,即使他施予她面包和牛肉而且给她钱,却还是反对被鞭笞。萨德彼时还不是萨德,他是侯爵。他恰好就是激起革命者复仇的那类贵族。

4年之后,他把一盒掺有斑蝥素的八角团带入马赛的一家妓院给姑娘们吃,让她们放屁,以此取乐。他还在那里肆意鞭笞,跟随着他的贴身男仆与他鸡奸,而那些精明的姑娘拒绝被鸡奸,因为她们知道可能会为此惹上麻烦。那天晚些时候,吃了甜点的姑娘们开始呕吐。一个名叫玛格丽特·科斯特的姑娘认为她被人下了毒,于是去找治安官。

检察官下令逮捕侯爵和他的贴身男仆拉图尔,可是他们从离阿维尼翁几英里远的萨德的祖传府邸逃走了。他们被缺席审判,判以"投毒和鸡奸罪",尽管姑娘们那时都安然无恙。在缺席的情况下,两个人的肖像在普罗旺斯地区艾克斯被焚烧。当时鸡奸在法国是死罪。

如果妓院是学习厌恶女人的好地方,那么萨德这个妓院常客必然会虐待他的妻子——不幸的蕾妮·佩拉吉·德·蒙特勒伊,戏弄她,忽视她,使她受孕,强迫她为自己拉皮条并参与他的放荡行径,劝她去收买那些他勾引的女孩愤怒的父亲,骇人听闻地同他妻子的妹妹私奔,当他的冒险活动在狱中终结时,进一步用精心设计的妒忌来折磨她。他俩的婚姻生活一开始就很糟糕,这桩婚事未经他们本人同意。蕾妮·佩拉吉属于富有的资产阶级,萨德则是一个因奢侈生活常年有资金问题的贵族。他们两个家族把这桩婚事作为商业契约定下来,蕾妮·佩拉吉期望换取萨德的头衔,尽管双方似乎都很清楚萨德在订婚时同另一个女人有婚约在先。尽管如此,他俩还是结婚了,蕾妮·佩拉吉经历了27年的婚姻生活,直到1790年才离开他,萨德的长期监禁一定使这段婚姻的严酷有所缓解。

一 辩论性序言

蕾妮·佩拉吉最终放弃他的那一年,萨德遇到了一个名叫康斯坦丝·凯内的年轻女演员,她的丈夫是一个布商,刚刚遗弃了她和年幼的儿子。为了使他的厌女症问题复杂化,萨德自相遇起始终忠实于这个年轻女人,直到 20 多年后他去世,尽管他俩非常穷困而且由于环境所迫和谋生的需要经常分离。他给这个年轻女人起的绰号是"敏感",并且把《茱斯蒂娜》一书题献给她,这也许是一个矛盾的姿态。萨德严酷的想象世界的关键不完全是对女人的性变态和矛盾心理,它是性妄想(无疑他对性的痴迷达到了非同寻常的程度)和监禁的结合。

他初次入狱是在 1772 年,时年 32 岁,监禁时长 5 个月。后来他因马赛事件逃到了萨伏伊的尚贝里(当时处于撒丁国王的控制之下)。似乎是为了从丑闻中榨取最后一点价值并且从声名狼藉的交易中获取应得的赔偿,他决定跟妻妹安妮·德·洛奈私奔,因此根据天主教会的规定犯了乱伦罪。他妻妹愤怒的母亲,也就是他的岳母,亲自请求撒丁国王逮捕他。他被送往米奥朗城堡,不久之后就逃跑了。这段自由时光持续了 5 年。他于 1778 年 6 月回到普罗旺斯地区艾克斯参加马赛投毒案的复审。由于中毒的女人们早已康复而且如今都安然无恙,投毒的指控也就被撤销了,这些姑娘撤销了对鸡奸的指控。对萨德的控告改成了"道德败坏和极度放荡",他为此受到了公开警告，被罚了款并被勒令远离马赛3年。实际上，那些年以及后面很多年他都是在狱中度过的。蒙特勒伊夫人收到了一封密札，密札中说可以不经审讯对他进行预防性拘留，时限不确定。萨德一案的时限长达13年。

除了恐怖统治时期由于他反对死刑而被人指控为温和主义，他再也没有因任何其他罪过而被公开指控过。似乎是他的想象的残忍而非他的罪行导致他被监禁。他的命运特别现代，因为主要存在于思想中的罪行，未经审判而入狱。我们毫不惊讶的是显著意象为审判和城堡的《茱斯蒂娜》令人想起卡夫卡，我们也不会感到奇怪现代开端具有开创性（或被禁）的书籍之一从它被监禁的创作者那里到达我们手中。米歇尔·福柯指出，性虐狂并非一种性倒错而是一个文化事实，是对"欲望的无限推定"的意识。萨德的著作对浪漫派的不良想象力具有强制性的吸引力，始终是塑造现代感性诸多方面的工具，譬如它的偏执狂、绝望、性恐怖、杂食性自我中心、对屠杀的宽容、大屠杀、灭绝。

正是监狱、压迫的经验把这个浪子改造成了哲学家，把理性时代的人转换成了解体时代、我们的时代、刺杀时代的先知。被剥夺了实际的肉体之后，他将自己显著的性能量倾注到奇妙的升华任务中，这个计划要在想象力荒凉的藏尸所中同时创造和破坏他不可能再拥有的一切：肉体、世界、爱。我们不要忘记，在恐怖统治时期，当他有机会实施这项计划时，他却拒绝了，付出的代价是更长时间的监禁。

虽然萨德的性实践如今几乎不可能被如此严厉地惩罚（正是惩罚最大限度地激发了他的性想象力），但他的性想象力的本质始终未变——要去违反用来治理保留罪与罚观念的社会的法律。这一点尤其适用于那些极其严厉地实行惩罚性法律制裁的社会，它们通常利用立法进行谋杀，也就是说把死刑、鞭笞、肉刑和拷问作为惩罚和恐吓社会成员的手段。一个诚实的性变态或者一个道德色情文学作家把这些合法犯罪描写为"快感"无异于泄露了秘密。如果萨德只因在隐秘的思想中或同几个待遇优厚的辅助人员实施他的趣味而遭受严厉的惩罚，那么执行绞刑的法官、挥舞桦条的治安官、军队里用兜帽和电极施刑的刑讯专家、鞭打学生的男教师、野蛮的丈夫一定会被认为是性变态，而在我们自己的犯罪蠢行中，我们给予了他们一张许可证，允许他们在普通大众身上进行实践。由于萨德没有这样的许可证，甚至还谴责授予许可证这件事，于是他的想象力将性暴力推向了极致，这在一个人身上只会伴随着极端的厌世、自厌和绝望。

他的孤独是囚徒永恒的伴侣和日常的恐惧，最后的监禁之地便是自我。反复阅读萨德的波德莱尔说:"要是我产生了普遍的厌恶和恐惧,我就会战胜孤独。"萨德把这种恶魔似的孤独表达为绝对的利己主义,那是对世界孤独冥想13年的结果。肉体不可能再满足他所虚构的浪荡子的欲望,肉体成为性虐待的一个精致的隐喻。世界、肉体和恶魔融为一体;当一个无神论者冷眼看这世界,他一定会发现撒旦比救世主更有可能被假设为统治原则。犯罪行为本身也许表现为一种圣洁的自制,一种对伪善的绝对摒弃。萨德直接影响了波德莱尔,他也是让·热内的精神鼻祖。如同萨德一样,斯威夫特眼中的人类在屎粪堆里摸爬滚打,然而与斯威夫特相比,萨德对人类的讽刺更加黑暗、更加可怕。在萨德看来,人类不是由于极度恶心才在屎堆里翻滚,而是由于自负地想成为超人。与他同时代的人相比,他与戈雅最相近;与我们同时代的人相比,他作品中人物多样的变态和强烈的孤独让我们想到威廉·巴勒斯。如果说萨德是启蒙运动最后一个冷酷而幻灭的声音,那么他就是20世纪末虚无主义的化身。他那明显的厌女症是对人类的全然反感的一个分支,与斯威夫特不同的是,他无法欺骗自己说他不是人类的一员。

在狱中度过的13年间,他把性激进分子诺曼·O.布朗所谓"我们内在的不朽之子"的所有残忍性功能做了极好的分类,

一 辩论性序言

萨德给这本书起名为《索多玛120天》。1789年7月2日之前不久,他把手稿卷起来藏进了他被关押的巴士底狱牢房墙壁的洞里。7月2日当天,有人看到他透过窗户大喊说巴士底狱的囚徒正在被割喉而他应该被释放。他准确地判断出博斯平原上至少有一座城市不久就要遭受一次致命的休克。为了防止萨德进一步煽动群众袭击监狱,他被立即从巴士底狱转移到莎朗东精神病院,这是一座治疗精神病和癫痫病患者的医院,后来他还会再来这个地方。7月14日,他们主动攻占了巴士底狱,现代史从此开始。

9个月之后他从莎朗东被释放,曾经大富大贵的他如今一贫如洗,他签字放弃了贵族头衔,成为公民萨德。他在巴黎的革命政府中获得一个小官僚的职务。恐怖统治时期,他曾短时间担任法官,由于宽大仁慈再度入狱,但不久他们就把他放了出来。最后一次把他投入大牢的正是拿破仑,原因是发现他手中有交给出版商的《茱斯蒂娜》手稿副本。萨德说过,如果需要的话,他乐意做无神论的殉道者,对他来说,沦为一名色情殉道者的命运却不太光彩。无论如何,他始终矢口否认自己写过《茱斯蒂娜》和所有那些为他赢得持久却不堪的名声的作品。

1803年,萨德再次被迅速转移到莎朗东精神病院。他的情况被诊断为"性痴呆症",这个诊断结果从过去到如今在临床上都无法确定。没有人认为他在日常生活中是疯子,尽管如此,为了保护社会,他必须被收容,他由冒充他女儿的凯内夫人陪伴,置身于书海,生活得比较舒适,直到1814年去世。吉尔伯特·莱利(Gilbert Lély)撰写的不朽传记详述了萨德的生活史实,我不用再赘述这些内容。这是奇妙的一生,而他涉猎的智识范围可从他在莎朗东的财物清单上所列的书籍中找到,其中包括让-雅克·卢梭的全集、《克利夫斯公主》、《堂吉诃德》和89卷1785年版伏尔泰全集。萨德打着色情幻象的幌子要批判的正是这个理性社会;他可怕的女主人公茱莉爱特会像伏尔泰的一个男主人公那样说道:"除了理性,我没有其他指引我的光亮。"但不包含人道主义的理性会自行垮掉。在《危险关系》的扉页,拉克洛引用了卢梭《新爱洛伊丝》(*La Nouvelle Héloïse*)中的话:"我见证了我所处时代的风俗,我将这些信件公之于众。"萨德在《新茱斯蒂娜》(*La Nouvelle Justine*)中也如是说,这本小说不无揶揄地效仿了卢梭的书名。他的小说把16世纪末和17世纪初的流浪汉小说叙事与对自己青年时期的道德批判虚构相混合,又添加了鲜明的噩梦轮廓。

萨德。一个不同寻常之人:贵族、无神论者、鸡奸者、惯犯、剧作家、鞭笞者、老饕、黑色幽默大师[正如安德烈·布勒东(André Breton)在他的《黑色幽默文选》(*Anthologie de*

一　辩论性序言

L'Humeur)中首先提出的]。当此人嗅到来自断头台的血腥味时,他能编造出令人作呕的最凶残的大屠杀。这个生性好奇而自相矛盾的人以冗长的流浪汉双重小说形式让色情服务于法国大革命:《茱斯蒂娜和她姐姐茱莉爱特的冒险》(*The Adventures of Justine and of Juliette, Her Sister*)和三种不同版本的《茱斯蒂娜》。《索多玛120天》的手稿丢失了——这令萨德深感遗憾,直到20世纪才找到。《闺房哲学》写于1795年。他的其他色情作品要么丢失要么毁掉了。他大量的其他作品——戏剧、道德故事、论文、政治宣传册,在很大程度上被评论者所忽视;萨德作为色情文学作家的名声就是建立在上述作品之上的。

不同凡响的是,他在那个时代主张女性的性自由权利,在他想象的世界中让女人成为有力量的人。这使他迥异于过去时代所有的色情文学作家以及与他同时代的大多数作家。

在萨德厌世的镜子中,女人们可能会看到她们本来的样子,这个情景令人不安。他提供了极其丰富的男性对女人的幻想,而且由于他自身性反应的模棱两可,还提出了很多令人吃惊的洞见。他的厌世培育了对相夫教子功能的仇恨,这导致他去除了对女人身上最圣洁之处的神秘化;如果他虚构出受苦受难的女人,他也会虚构出引起苦难的女人。色情文学作家萨德在他的文本中留下的洞足够用来剥皮、阉割。这个洞大得足够女人们自我观照,犹如涂鸦的毛边洞是一个禁止女人进入的窥视孔。

本书是一种横向想象的操练,它以萨德提供的关于女人的哲理性色情材料这笔财富作为文化探索的起点。萨德始终是一座巨大、怪异、令人生畏的文化大厦,而我愿意认为他让色情服务于女人,或者说他让一种对女人无害的意识形态侵入色情。公平地对待这个老怪物吧,让我们用令人愉快的辞章对他做一番介绍:

> 迷人的女性,你将获得自由,就像男性那样,你将享受大自然赋予你的职责一般的快乐,毫无保留地享受。人类更加神圣的一半人口非要被另一半戴上锁链吗?啊,打破这些束缚;这是大自然的旨意。

二　神殿的亵渎
茱斯蒂娜的一生

对早期宫廷之爱中女性的所有理想化实际上都是剥夺她自由和自主的手段。

——莱斯利·费德勒《美国小说中的爱与死》

在献祭中,祭品的选择以完美的方式展现死亡的残暴。

——乔治·巴塔耶《色情》

……这一生与所有女孩的期待如此不同。

节选自一个寻求节育的女人的信

——玛格丽特·桑格《被奴役的母性》

Ⅰ. 在逃的天使面孔

茱斯蒂娜是一个男人世界中的好女人。根据男人给女人制定的规则,她是一个好女人,而她所得到的酬报是强奸、羞辱和不停的敲打。她的一生就是因其作为女人的生活境遇而殉难。

1791年版《茱斯蒂娜，或贞洁的厄运》(Justine, or The Misfortunes of Virtue)中的茱斯蒂娜是一个美丽而贫穷的孤儿，活生生的一个改头换面的公主，但这个灰姑娘身上的灰尘已成为皮肤的一部分。她拒绝接近神仙教母，因为那个女人是罪犯。她爱上的不是一个英俊的王子，而是一个凶残的同性恋者，他放狗扑她，还把自己所犯的谋杀罪转嫁给她。因此，她是一个颠倒的暗黑童话的女主人公，而童话的主题是不自由的厄运。茱斯蒂娜踏上了痛苦的朝圣之旅，旅途上提供给她的每一个避难所结果都是一座新的监狱，所有的人际关系都是一种奴役形式。

小说中反复出现的意象是用以逃跑并暂时安全的道路，强奸的场所——森林，以及囚禁和痛苦之地——堡垒。她只有在路上逃跑时才是自由的，尽管存在危险，她永远在逃的路却总是比她找到的解救她的避难所更安全，那些地方带给她的只有疼痛、屈辱和男人粗野的生殖器宣泄，这些男人带着对女人的憎恨和强者对弱者纯粹而无情的仇恨，正是他们发明了要女人遵守的规矩。

她总是受惩罚的对象，可她只犯了一桩罪行，而且还是非

二 神殿的亵渎

自愿的。她生为女人,要为此不停地遭受惩罚。这个无辜的姑娘为夏娃的原罪(可能是虚构的)付出了高昂的代价,正如圣保罗所说的,她该付出,她持久而模范地在十字架上受难使她成为女性基督,而那个拥有男权的严厉的神绝不会抛弃她,他专以折磨为乐。我们对这种景象的反感并非与它包含的令人不快的真相无关。

可是在茱斯蒂娜所受的苦难中没有神秘的贞洁。这个基督人物的殉难简直毫无用处,她就是一个无厘头的牺牲品。如果在她所受的苦难中没有贞洁,那么她的贞洁本身原来就什么都没有;它对谁都没有好处,尤其是对她自己。

茱斯蒂娜几乎是在她不幸的一生终结时才初次出现在读者面前,一件黑斗篷捂住了她的双眼,手脚被牢牢地捆着,是一个送往绞刑架的被剥夺了人性的包裹。这可怜的一捆被车站上的一队警察从马车顶上随随便便地卸了下来,她给一对有同情心的听众从头道出她的一生,这是她这么多年来头一次赢得同情。

她的父母遭遇破产后悲痛而亡,留下身无分文的茱斯蒂娜,她的人生第一堂课就是贫穷带来的侮辱。那些她的父母过去宽厚以待的人把她逐出了家门;由于她拒绝把自己卖给一个有钱的绅士,她住的那间阁楼的女房东对她破口大骂。茱斯蒂娜认为男人对她这样的小女孩都是一味给予却不求回报吗？一个孤苦伶仃的女人必须学会给予男人愉悦，因为那才是她赖以谋生的唯一方式。然而茱斯蒂娜只能给自己的劳动而不是身体贴上交换价值，因此她在高利贷者迪·阿尔潘家里获得了一份杂役女仆的工作；为了避免磨损家具，这家人不允许她掸家具上的灰。这是她的初次雇佣劳动经历；当她拒绝按照迪·阿尔潘的命令去抢劫一个邻居时，这段经历就终止了。迪·阿尔潘以虚假的指控让警察逮捕了她，由于她是一个一贫如洗、举目无亲的女人，因此无法获得申诉的机会，最终她被判死刑。

在监狱里等待被处决期间，她遇到了也被判处死刑的女强盗首领拉·迪布瓦，她在世俗社会中是一个代孕母亲和女教师。拉·迪布瓦的同伙点燃监狱之后，她和茱斯蒂娜一起逃了出来。拉·迪布瓦向茱斯蒂娜保证，实践贞洁会让她马上落到粪堆上。拉·迪布瓦像巴枯宁一样认为富人的麻木不仁证明了穷人犯罪是正当的，她邀请茱斯蒂娜加入强盗团伙，尽管茱斯蒂娜差点被拉·迪布瓦的雄辩说服，她还是决定绝不背弃贞洁。虽说强盗们提供给茱斯蒂娜的是不法之徒的生活，或者说正因如此，这种生活不会被人奴役。法律本身早已向茱斯蒂娜表明它不会给她提供保护，可是她无法说服自己去干非法勾当。做不法之徒就是在人类社区之外流亡。即使法律并不公

二 神殿的亵渎

正,她也不会违法,因为她人性未泯。她的贫穷、软弱、女性特征和善良早已把她置于法律的反面,可她的困境就在于此;她毫无过错。

拉·迪布瓦的资深侍从铁心认为,她的贞洁未必取决于阴道直径的大小;在此阶段,茱斯蒂娜还是一个处女。与18世纪相比,如今这个说法已经没有那么激进了。但是茱斯蒂娜拒绝与他发生性关系,并且利用时机跟匪帮刚抓获的一个名叫圣弗洛朗的俘虏一起逃离了强盗营。由于这次逃跑,拉·迪布瓦后面会疯狂追捕她,就像一个被孩子出卖的母亲一样(她的确给茱斯蒂娜付出了某种亲情)。

他们刚跑到森林,圣弗洛朗就强奸了茱斯蒂娜,把她的东西抢光后离开了半裸的她。从昏厥中苏醒过来之后,她看见一个贴身男仆正在跟德·布雷萨克伯爵鸡奸,还无意中听到他们要谋害伯爵富有的伯母。他们抓住了茱斯蒂娜,折磨她并把她带回了家,德·布雷萨克仁慈的伯母收留她做了女仆。德·布雷萨克威胁茱斯蒂娜,如果她告密就杀了她;尽管他厌恶女人,可她还是爱上了他。最后他让她帮他给自己的伯母下毒,起初她拒绝了,后来她假装同意并告知了他的伯母。德·布雷萨克发现茱斯蒂娜背叛了他,于是亲手毒死了伯母,放狗撕咬茱斯蒂娜,并且告诉她,由于迪·阿尔潘的盗窃和最初的纵火越狱,警方还在通缉她。他在她纯属虚构的前科之上又添加了动人的一笔——他指控她谋杀了他的伯母。

茱斯蒂娜现在得到一个无神论外科医生罗丹和11岁时就被他诱奸的女儿罗莎莉的庇护。罗丹试图诱奸茱斯蒂娜无果后,茱斯蒂娜怀着帮助罗莎莉皈依基督教的秘密计划,答应留下给罗莎莉做伴。就在罗丹把女儿锁进地下室准备谋害之前不久,她成功地实现了这个计划;罗丹打算对女儿实施科学解剖。茱斯蒂娜打开了地下室的门,可是她和罗莎莉还没能逃走就被发现了。茱斯蒂娜竟然试图把他的女儿从她父亲的关爱下拐走,罗丹对此感到怒不可遏,他在她的肩膀上打了烙印。这个火印标志着茱斯蒂娜是一个罪犯。她的皮肤上烙下了对她的惩罚,尽管她从未犯过罪。他把她抛弃在森林里独自哭泣。

她继续前行,直到看见森林中树林圣玛利亚修道院的尖顶,她决定在那儿逗留几日,以便品味宗教带来的慰藉。

树林圣玛利亚修道院是小说中最大的场景,在这个微观世界中一个特权者小集团采用恐怖方式对后宫中绑架来的女人进行统治。正如在所有萨德式囚禁之所中一样,占上风的总是威胁恐吓,贞洁的唯一回报便是逃避惩罚,而就像在幼儿园里一样,贞洁的要义仅在于遵守一系列专制规则。这座修道院完

二 神殿的亵渎

全与世隔绝,教堂连接着一个秘密乐园,由本笃会慷慨资助,本笃会的要人有权在此居住。

他们的姑娘被强行带到这个乐园,只有死亡才能让她们获释。这个恐怖和特权之地似乎是整个世界的模型,我们并未要求来到这个世界上而且只有终了才能离开。我们的入口和出口同样充满暴力和偶然,选择与此丝毫无关。然而我们在此囚禁之地栖居的条件并不平等。

这些姑娘的任务是给她们的修道士主人助兴。完全的服从是她们唯一的命运。有新的姑娘被带进后宫之时,就要随机选一个姑娘"退役",即杀害。这些出身高贵、美丽动人的姑娘根据年龄组着装,她们的生活受严格的规章体系支配,这些规章的存在主要是为修道士们提供无数施罚的机会。头饰不合适,20鞭;早晨晚起,30鞭;怀孕,100鞭。姑娘们没有个人财产,也没有隐私,除非是在盥洗室里。在我们看来,根本没有什么希望。修道士们凭借着寡头、命运或上天的心血来潮统治着这个小世界。这个小世界出奇地像一所英国公立学校。它就像所有的等级机构。

本笃会修士们相当机智地用圣母来命名他们的隐居处,并且把他们的奸淫之所置于密林深处。在这座乐园中,一小撮男人的快乐建立在为他们服务的大多数女人的痛苦之上。职业独身者在此从16名训练有素的女人身上勒索无偿的性服务，这些女人完全沦为性工具。除此之外，她们一无所是。克莱芒修士相当动人地说过，要不是出于被迫，这些年轻可爱的女人做梦也想不到要为又老又丑的男人提供这样的服务。（萨德难以理解女人们为何愿意跟又丑又老的男人发生性行为，他认为这有悖于常情。他推理的结果是，她们必定是因为利益或恐惧而为之。对她们来说究竟有何乐趣？这个问题使他感到非常困惑。）

修道院中的女人们沦为性工具，这彻底否定了她们作为人类的存在。茱斯蒂娜被告知，一旦进入修道院她便生不如死。然而茱斯蒂娜拥有惊人的适应力，她的朋友翁法勒被"退役"之后不久，她锯开更衣室窗户上的铁栅栏、砍开修道院四周浓密的树篱逃生。她祈祷主宽恕她在修道士手中不情愿地犯下的罪过，然后踏上了通往第戎之路。

不久她被德·热尔南德伯爵的仆役抓住，带到伯爵偏僻的城堡，给伯爵的妻子做女仆。如果说修道院是寡头制，那么德·热尔南德的宅邸就是绝对的独裁统治。德·热尔南德在隐喻的意义上让他的房客流尽鲜血，但他的确为了满足自己嗜血的欲望，让他的妻子流血至死。为了隐瞒这一罪行，他告诉岳母她的女儿发了疯，不能探望。热尔南德的生活浑然一体，

二 神殿的亵渎

首尾一致。如同一个不错的吸血鬼，他榨取的是女人的体能；他是一个肥得可怕的男人，他因吸收妻子们身上的物质而发胖，现任妻子并非他以此方式杀害的第一个女人。

茱斯蒂娜主动提出由她给伯爵夫人的母亲捎去一封信，她逃离房间后却发现自己置身于一座有围墙的花园。伯爵发现了她。她扑倒在地，祈求他宽恕并且惩罚她。她没能藏住伯爵夫人的信，伯爵读了这封信。他把茱斯蒂娜囚禁在地牢里，但因为妻子快死的消息而兴奋不已的他忘了锁门，茱斯蒂娜逃跑了。

她踏上了通往格勒诺布尔之路，在那儿她又遇到了最初夺去她童贞的圣弗洛朗。他提出要雇她做他的老鸨，她拒绝了这个差事，继续南行。一个乞丐施诡计求茱斯蒂娜施舍，她又一次遭到抢劫，可是当她发现有一个男人被人抢劫和暴打时，她又去照顾他，还用他的状况比她糟糕的想法来宽慰自己。等他身体好转后，他提出让她做他妹妹的女仆（慈善又一次装扮成了奴役），于是茱斯蒂娜跟着伪币制造者罗兰进了深山。

罗兰主要利用女人做劳动力，但如同茱斯蒂娜的其他主人一样，他首先享受的是征服她这个简单的事实。城堡的地窖中有秘密的酷刑室，她和其他四个裸体女人被绑在一个轮子上打水、碎石，被抽打，被迫参加罗兰残酷的"割绳"游戏。

"割绳"游戏要求把一个女孩吊起来。待罗兰享受完她惊恐的样子,最后关头才把绳子割断。可是当茱斯蒂娜的朋友苏珊玩"割绳"时,罗兰并没有割断绳子。由于茱斯蒂娜如此贞洁,罗兰信任她并且邀请她在他玩这个游戏时来割绳子;他不仅喜欢观看死亡游戏,而且喜欢亲自参与。她很想让他吊死,可是在贞洁的作用下她割断了绳子。他给予她的回报是把她吊在堆满腐尸的地穴中。他动身前往意大利,把城堡的事务交给一个通情达理的主管来料理。在他外出期间,警察扫荡了城堡并逮捕了城堡里的人。那个温和的主管要为他主人的罪行埋单。

有一位治安官对茱斯蒂娜一案颇有兴趣,最终释放了她。其余人都被吊死了。在她暂住的客栈中,她再次遇到了女匪首拉·迪布瓦,女匪首因犯罪活动而发了大财。拉·迪布瓦指使茱斯蒂娜去抢劫一个爱上茱斯蒂娜的年轻人迪布勒伊。她阻止了这场抢劫并且接受了迪布勒伊的求婚,结果却发现拉·迪布瓦早已给他下了毒。迪布勒伊死了,拉·迪布瓦又抢先控告茱斯蒂娜谋害了他,然后离开了小镇。迪布勒伊的一个朋友建议茱斯蒂娜赶紧离开这里,跟着贝特朗夫人及其孩子到别的城市找一个安全之地。在她们动身之前,一心要复仇的拉·迪布瓦绑架了茱斯蒂娜并把她送到当地的一个浪荡子手里,可是

二 神殿的亵渎

拉·迪布瓦和这个残忍的绅士酒喝多后睡着了，所以茱斯蒂娜又一次逃跑了。

她要跟贝特朗夫人及其孩子一起动身，但是拉·迪布瓦这个复仇天使纵火烧了她们过夜的客栈，烧死了孩子。拉·迪布瓦抓住了茱斯蒂娜，当警察拦住她们的时候，她迅速把茱斯蒂娜交出去受惩。警察以包括烧毁客栈、谋害婴儿在内的一系列罪名逮捕了茱斯蒂娜。拉·迪布瓦欣然将茱斯蒂娜交给同她那些主人一样专制暴虐的法律来处置。

她在狱中央求了好几个从前摧残过她的人，他们都断然拒绝，尽管圣弗洛朗把她带出监狱去赴了一场法官也参加的狂欢。茱斯蒂娜不情愿的表现注定了她将在审判中被判有罪。

在前往刑场的路上，她在车站给一位富有的夫人和一位绅士讲述了自己悲惨的一生。这位泪水涟涟、惊讶不已的夫人现在向她透露自己就是她失散多年的姐姐茱莉爱特。她们的父母去世之后，她根本没有乞求能保持贞洁，而是立即进妓院历练自己，而且干得相当出色。她的情人是一个朝廷重臣，他帮助茱斯蒂娜获释。她被带到他们的豪华宅邸并得到照顾，而她的名字也从法庭中清除了。有一个外科医生去除了她肩膀上的烙印，所有受过的磨难都没有在她身上留下一处永恒的印记。茱斯蒂娜终于诸事顺爽了，然而她不相信好时光会地久天长。一个暴风雨的夏夜，她被雷电击穿心脏而亡。

茱莉爱特和她的情人不胜悲哀和懊悔。茱莉爱特进了修道院，将余生奉献给慈善事业。这个虔诚的结尾在小说续篇中被修改。

茱斯蒂娜的朝圣历程包括道路、森林和囚禁之地。没有一处能使她免于虐待。最阴森可怕的灾难无尽地倾泻在她那天真可爱的脑袋上，而她的贞洁即一个好女人的被动美德确保她在劫难逃，因为其贞洁的精髓是去做别人让她做的一切。在天真正直、朴实无邪的支配下，她也极易轻信他人，无穷无尽地轻信他人，简直就是让-雅克·卢梭笔下的女主人公；她拥有他所向往的孩子和野人身上的全部天真无邪，然而当她如同献上一束鲜花一样羞怯地把这种纯真奉献给他人时，它被践踏在泥泞之中。她就是卢梭那个无私的女主人公，置身于霍布斯利己主义的残酷世界中。

关于茱斯蒂娜的行为在多大程度上是一个女人与生俱来的或者说她在多大程度上以畏缩奉承的姿态作为自卫的手段，还需要讨论。她不仅是男人世界的一个女人，而且还是一个感情的容器，一个我们称为"阴柔"的情感类型的仓库。

她最初的冒险是给所有的他者做情感模范。如果对自己的天真无邪毫无自知，茱斯蒂娜就一无所是。她知道如何用自

二 神殿的亵渎

己的不幸来制造动人的画面。她痛苦苍白、泪水涟涟，穿着一件白色的小连衣裙，去向家庭牧师寻求帮助。她拥有文学作品中所有孤儿特有的无壳的脆弱性，而她既是巅峰又是原型。她象征性地以消极的情绪把自己呈现为一个同情的对象和哀求者。牧师试图吻她，而她斥责了他，她被连打带骂地逐出了房门。

她的贞洁本身也是一个有趣的问题。正如强盗铁心对她所言：一个如此聪慧的女孩为何这般固执地把贞洁定位于自己的生殖器？

由于茱斯蒂娜的贞洁观极具女性特质，禁欲在其中占了很大比重。一般来说，一个"坏男孩"可能是一个小偷、一个酒鬼或一个骗子，未必仅仅是一个浪荡子。可是一个"坏女孩"总是指向一个性活跃的女孩，茱斯蒂娜自我感觉良好就是因为她不跟人操。事与愿违的是，她被人操了；她觉得自己始终良好，因为她没有快感。她恳求拉·迪布瓦手下的强盗给她留下名誉，也就是不要夺取她的贞节；在18世纪，一个女人的名誉总是关乎性声誉。如果说他们没有遵从她的请求的精神实质的话，那也是与字面意义相符的——他们把她扒光，对她实施性侵，把精液射到她的身上。她恭贺自己道："他们尊重了我的名誉，就算没有顾及我的体面。"她的童贞对她来说具有形而上的重要性。她那尚未破裂的处女膜是她的纯洁性的可见标志,即使她的乳房和腹部已被精液淹没。

后来她失去了童贞,她告诉自己这是强奸,她自身无可厚非;由于并非出于自愿,因此这不是罪过。在文学史中,理查逊笔下的克拉丽莎·哈洛是第一个重要的蒙难处女,尽管性行为发生时她已经被麻翻失去了知觉,可她仍然认为自己是这桩她一无所知的强奸案的共谋。与这位文学前辈相比,茱斯蒂娜不够审慎,因为她的贞洁是否定了她自身性欲的女性计谋;尽管她会谴责一见到她就想到强奸的那些纵欲的男人(所有男人面对她都会如此)的性欲,她竟然足够务实地从强奸显然没有改变她的事实中推断出铁心说的是对的,贞洁并不仅仅取决于她的处女膜状况。她得出的结论是,她的贞洁取决于自己的不情愿。

在她看来,她的禁欲和对自身性欲的否认是她自重的原因,她的道德与她的生殖器密切相关是她固守的信念,这个信念促成了这个结果。她的名誉的确存在于她的阴道,因为她真诚地信以为真。她抓住了自己确信的唯一领域作为滋养自尊的手段,即使这给她带来最残酷的压抑和诸多的身体不适。

压抑是茱斯蒂娜的全部生命(对性的压抑、对愤怒的压抑和对自身暴力的压抑),实际上都是基督教美德所要求的压抑。

二 神殿的亵渎

她根本无法设想在她自己的身体对性活动的反应中,会存在任何快感,因此自动排除了偶然体验快感的可能性。

茱斯蒂娜是破碎的心、被刺伤的鸽子、被亵渎的坟、受迫害的少女,她的童贞永远被强奸更新。在层出不穷、多种多样非自愿的情色遭遇中,她没有一刻感到快慰。在树林圣玛利亚修道院,她模拟性快感来迎合姑娘们的女看守,然而她向我们保证自己实际上毫无感觉,似乎虽然如今她已经不是处女了,但是她的贞节始终能以性冷淡的形式得以保存。她简直就像一个恐惧性欲的怪物。由于她本人否认自身欲望的暴力,在她看来,她所有的性行为都变成了一种暴力形式,因为她无权对此加以评判。她那含蓄邀请更多强奸的眼泪便是她的性高潮体液。她根本不怕强奸,它一会儿就结束了,而且貌似与强奸者无关。暴力却短暂的强奸征服给她留下的是自我不受侵犯的感觉。一次强奸可以单方面完成,它否定了同意这个概念。她害怕的是诱惑而非强奸,而且害怕在参与自己的诱惑时丧失自我,因为一个人必须心甘情愿或者被欺骗,或者是心甘情愿地被欺骗,才能被诱惑。

当那些亡命之徒对她加以诱惑时,她本能地拒绝了。她不仅仅是在面对第一次诱惑时就察觉出这是一个圈套,它会导致她卖淫,而且她无法正视一次良性的性行为。尽管她的力量在于拒绝从事性活动,然而她的性欲的局限便是她的生命的局限。她只把自己看作淫欲的对象。她没有扮演,她就是如此。她是千百种不同情欲的对象,其中有些情欲非常奇怪,可她不是任何一种的主体。她可以沉浸于对同性恋者德·布雷萨克的迷恋之中,因为她事先知道他对她漠不关心。后来她接受了迪布勒伊的求婚,仅仅是因为他向她提出了求婚;这不是一个自主选择,而且她自己的性反应尚未进入婚姻契约义务。

然而除了以一个有良好教养的处女以及富有银行家的女儿的期望去迎战贫穷带来的严酷的冷嘲热讽,她所做的事情没有一件该使她遭受这般痛苦。富人负担得起良善,穷人必须尽其所能地改变。茱斯蒂娜的女性气质是一种只对负担得起的人开放的行为方式,她毅然、英勇地排除万难去维护资产阶级处女的角色所要付出的代价是被单独囚禁在自己女性气质的牢笼中,这种孤独只有通过虐待者的频繁光顾才得以缓解。

如果她的苦难本身是一种征服,那它就是对她自身的受虐狂式征服。如同忍耐者格丽塞尔达①一样,茱斯蒂娜好像是一个忘恩负义的世界的贤妻,她的忍耐最终耗尽了虐待者的心机,尽管这是一场消极的胜利。虽然这个世界不让她正当地谋

---

① Griselda,欧洲民间故事中的人物,以忍耐和顺从著称。

二 神殿的亵渎

生(在萨德版本的世界中,根本就没有什么正当的生计),但是它允许她体面地死去。在终身奴役的最后一幕,她正在帮姐姐关窗户挡住暴风雨,就在此刻雷电击穿玻璃刺透了她的身体。

她的生活被偶然所控制,路上的偶遇,侥幸越狱,意外遭雷击。她偶然从一个主人转到另一个主人残酷的手里,而她的天真无邪如此完美无缺,以致阻挡了对敌手的力量和恶意的预知。茱斯蒂娜的生活在开始之前就注定是沮丧的,就像是一个除了幸福婚姻别无更好祈求的女人的生活。她总是把希望寄托在那些偶遇者身上,寄托在假定会保护她的恩人身上;可是她遇到的都是强盗、老鸨、厌女者和强奸犯,而且她从这些冒险活动中学会的不是自我保护而是自怜自悯。

她无法控制自己的生活,她的贫穷和女性特质共谋,剥夺了她的自主性。她始终是自己从未作为经验去经历的经验的上当者,她的天真无邪使经验无效而且把经验转变成了发生在她身上却没有改变她的事件和事情。这是大多数女人共同的生活经验,这种经验总是在他者无形的存在中施行,而他者则为他们自己提取出她的经验意义,从而减损了所有的意义,以致引诱、分娩或婚姻这些大多数女人生活中最重要的事件和生命的不同阶段在诱惑者、父亲或丈夫的生活中不过是边缘事件。

茱斯蒂娜的不孕象征着她不能被经验所改变。在10年强行的性活动中她没有怀孕，这是她常年保持童贞的一个方面，然而这个特质既是积极的也是消极的。强奸无论如何也不能改变她那不妥协的奇异。她是一个自由的女人，尽管她对此不知不觉。

然而她的自由是别人强加于她的，她并没有为自己去夺取自由。正如对她的惩罚一样，她的自由也是非自愿的。从她所代表的女性特质的理想化角度来看，她的自由就是对她的惩罚。她是一只突然放归危险森林的被珍爱的笼中鸟，她没有受到更大的伤害简直是一个奇迹。

茱斯蒂娜的知觉器官是心灵，禁止她从事某些她觉得不道德的活动，她的自传说明了一个只遵从心灵美德提示的生命存在的道德局限。这个心灵是情感器官，不是分析器官，它从未提示她要为她声称赖以为生的原则牺牲自己。

在为德·热尔南德伯爵服务期间，她深深地同情被他折磨的妻子。即便如此，当伯爵命令她去脱光那个不幸的女人的衣服并把她带到他那里时，茱斯蒂娜说道："尽管我憎恶所有这些恐怖之事……但除了最大限度地顺从我别无选择。"她别无选择，因为如果她不这么做，她自己就会遭受惩罚，而且她无法想象如何才能以亲历小痛为代价去为德·热尔南德夫人缓解片

二 神殿的亵渎

刻的痛苦。

她的心灵是毫无节制的,如果它不让她为自己的肉体附上交换价值,那么它也不会让她为自己的受难附上交换价值。它是被视为她自身部分条件的自在之物。因此茱斯蒂娜毅然规避了自我牺牲的购买力;但她有过选择。茱斯蒂娜本来可以对德·热尔南德伯爵说"不"并且拒绝做他的帮凶,可是她并没有这么做。她也根本没想过要这么做。她对痛苦中的他人没有认同感。

当心灵看见他人受难时,心灵的利己主义看见自己在受难;由于它能够与他人共情,因此学会了同情;于是心灵稍稍脱离了它的利己主义,暂时与世界相遇。然而预见自己可能会受难,心灵彻底融化,为了自我保护再次退缩到利己主义之中。

在热尔南德家,茱斯蒂娜的同情只是成功地恶化了德·热尔南德夫人和她自己的处境。她带着一封德·热尔南德夫人写给自己母亲的信出逃,德·热尔南德夫人希望她的母亲收到信后会来解救她们。那天清晨,茱斯蒂娜逃离花园时热尔南德发现了她,恰似上帝在清晨的花园中捉住初次违抗权威的亚当。可热尔南德以为这个姑娘是个鬼魂。正如萨德笔下所有的浪荡子一样,热尔南德是个十足的胆小鬼;他惊恐万状、孤立无援,几乎任由茱斯蒂娜摆布,如果茱斯蒂娜没有在他认出她之前就体若筛糠,甚至在被指控之前就说道:"啊,主人,惩罚我吧。"她甚至没有趁热尔南德困惑之际毁掉携带的获罪信件。

她刚请求惩罚,热尔南德便释然了。现在他知道自己是谁了;她告诉了他,还说他是她的主人。而且她告诉他如何对待她,让他惩罚她,可他还是不确定他为何要这么做。他怀疑茱斯蒂娜一定是在向外界寻求帮助,但他需要证据。"我想说我什么也没有,可是热尔南德发现了我胸口的手帕上方露出的那封要命的信件,于是一把抓过去读了一遍。"她也没有试图阻止他这么做。她带着身有缺陷之人的谦卑,总是想息事宁人。她自己所受的惩罚将会是死亡,尽管像以往那样她又死里逃生,可是她试图帮助的那个同样无辜的女人所受的惩罚是无从逃避的死亡。茱斯蒂娜的同情总是会使对象丧命。透过自己的无理性,心灵发现自己竟然是它所憎恨的残酷道德的同谋。

在伪币制造者罗兰的城堡里,茱斯蒂娜有好几次谋杀他的机会。有一次,她只要尽力不作为就能杀死他。他想让她玩他最喜欢的"割绳"游戏。为了获得一次特别猛烈的性高潮,他提出要把自己吊起来,茱斯蒂娜则必须在紧要关头即死亡降临之前、马上射精之时割断绳子。他向她许诺,如果她很好地完成任务,他可以让她重获自由,可即使是茱斯蒂娜都不太相信这

二　神殿的亵渎

个诺言。于是罗兰把自己的性命交到了他曾经残酷虐待而且几次目击他杀人的女人手中。她又一次告诉我们,除了扮演他分配给她的角色,自己别无选择;他是她的主人,主人是为了让别人服从而存在的。她甚至都没有考虑过谋杀他的可能性,那是她的贞洁的最终局限;心灵的无理性和错误的情感逻辑使她一刻都不能行使主权,而读者必定会强烈要求纯洁无瑕的茱斯蒂娜就在这次以罪行弄脏双手,因此萨德在读者身上获得了一次不道德的胜利。

贞洁在茱斯蒂娜身上与罪行在萨德笔下浪荡子身上所引起的冷漠无情和麻木不仁如出一辙,这些浪荡子从不关心善恶的本质,他们凭直觉就知道什么是错,正如茱斯蒂娜凭直觉就知道什么是对一样。由于她道德上的冷漠,她既不能发怒也不能反抗;她对狱中伙伴的苦难不会感到愤怒。她告诉我们,在初次的"割绳"游戏中,当她意识到她的同伴苏珊而不是她自己会死时,她感到无比幸福和安全,那一刻她跟罗兰一样是资产阶级个人主义者。

的确,恰恰是因为茱斯蒂娜无可挑剔的诚实片刻都不会被为这个世界除去罗兰这种恶棍的背叛念头所引诱,他才会挑选她来做玩伴。他懂得如何选择自己的同谋。当他让她掌控自己的生命时,他依赖的是她天生的善良;她告诉我们,她把这条命接到自己手中是为了再归还给他。奇异的慷慨大度，奇异的宽宏大量。如果她有一刻想到过遍体带着罗兰的鞭痕死去的苏珊，或者想到过城堡中拴在铁链上劳作的女人们，因此犹豫不决，最后没有杀他，那么她的取舍可能是光荣的；这是贞洁对邪恶的羞辱。然而茱斯蒂娜并没有先对他进行审判，然后再拒绝执行死刑。她行使了女性的赦免权，仅仅是因为她无法判断，并且在这个意义上超越了善恶，就像他一样。她没有谋杀罗兰，这仅仅是因为他要求她不要杀他。"他是我的主人，我必须服从他。"

茱斯蒂娜的美德并非对一种道德能力的连续行使。她总是希望她的良好品行会为她获取某种报酬，可以让她从包围着她而她无法适应的凄凉惨淡、毫不妥协的现实中获得某种缓解，她的美德则是对这样一个世界的情感反应。贞洁、有趣的茱斯蒂娜以她的无能、轻信、爱抱怨、性冷淡和不愿意控制自己的生活而成为一个完美的女人。她总是去做别人叫她做的事情。任何主人都可以随意摆布她，因为这是她自己所定义的善良的本质。

她的基督徒美德暴露了这个世界的实践。她的慈善所获的奖赏总是盗窃；她的虔诚直接将她引向树林圣玛利亚修道院的惊悚；当她帮助外科医生罗丹的女儿皈依宗教时，她确保这

二 神殿的亵渎

个姑娘会死。茱斯蒂娜实践中的美德是实践中的自由主义谎言,那就是一颗善良的心和一套不恰当的方法。

在一个女人是商品的世界里,一个拒绝出卖自我的女人所拒绝出卖的东西会被暴力从她身上夺走。虔诚、温顺、诚实、敏感,所有这些她学会自我欣赏的品质都在招徕暴力,她终其一生都在为赴屠宰场做准备。尽管她贞洁善良,可是她不知道如何行善。

让一个孩子乖巧比较容易;孩子的乖巧是一种消极的品质。如果他不干坏事,那他就很乖。然而一个成年人不能仗着这种温顺的被动性侥幸成功。他必须在包括他本人的他者群体中将美德付诸行动。行善意味着一个社会活动环境、一个完整的社会关系体系,而茱斯蒂娜不由自主地被剥夺了这个体系。她甚至不知道这个体系的存在。她是一个只知道如何乖乖取悦爸爸的孩子,然而她的男神爸爸的存在和她常常提到的抽象美德阻止她为自己行事。

尽管如此,她那愚蠢无知的心灵从未被败坏。主人们始终寻求的不是她身体的顺从,这对她来说,很容易给予,她总是不声不响地献上自己的肉体,可是他们并不见得想要。他们想要的是她心灵的服从和她从未给予的东西。良好品行总是遭受严惩,却从未被转变为它自己的反面。受害者总是在道德上比主人优越,这是受害者矛盾的胜利。与臭名昭著的邪恶男人相比,声名狼藉的邪恶女人的数量少得多,这就是原因所在;我们受害者的地位确保我们难得有这样的机会。美德是强加给我们的。如果没有什么让我们感到自豪,至少也没有什么让我们感到羞耻。

因此罪恶这种统治欲通过毁灭茱斯蒂娜获得了对她的惨胜,却不能让它发泄愤怒的对象投降。布莱克说过:"坚守蠢行的傻瓜会变得聪明。"在致命的从一而终之中,茱斯蒂娜对美德的消极能力无意识地肯定了被她生活的世界所否定的人道主义,即使这不是对她自己的积极人性的肯定,因为后者的存在纯属偶然。

逃跑是茱斯蒂娜的救赎。她是一个女性脱身术大师,对她来说,所有的家都是不同形式的永远的无家可归,只有自定义的旅行者生活使她摆脱了加诸她的女德的奴役定义。她死时一定会是一个感情上的(如果不是身体上的)处女,如同她的文学孙女们——《小妇人》中的贝丝、《汤姆叔叔的小屋》中的伊娃,两个小女孩都在前青春期天使一般地死去,升入天堂去找爸爸,因为她们过于善良没法活下去。这个善良的小女孩因为成年女性的生活境况而殉道,这使她成为通俗小说中一代女性的女祖先,她们发现自己陷入了同样的困境,比如琼·里斯、埃

二 神殿的亵渎

德娜·奥布赖恩、琼·狄迪恩①心痛含泪的女主人公对她们认为自己无法控制的命运始终保持边抱怨边默许的态度。出于某种文学巧合,朱迪斯·罗斯纳②的说教式隐晦型畅销色情小说《寻找顾巴先生》(*Looking for Mr. Goodbar*)中不幸的女主人公竟然也叫特雷莎,这是茱斯蒂娜为隐藏身份所用的别名。18世纪的哲学色情文学作家对这些当代的女性小说家也许没有直接的文学影响,然而萨德设法在茱斯蒂娜这个人物身上将新兴女性的困境孤立起来。茱斯蒂娜这个银行家的女儿成为两个世纪女人的原型,她们发现这个世界并非如别人向她们许诺的那样是为她们定制的,由于没有人给予她们存在的工具,她们也无法为自己去再造世界。这些自觉无可指责的人儿信受磨难直到受苦受难成了第二天性;茱斯蒂娜标志着一种利己主义女性受虐狂的开端,一个在这个世界上无处容身、没有地位的女人,她那反抗的内核已经被自怜自悯所吞噬。

茱斯蒂娜在20世纪女性状况病因学中所处的地位无可置疑,她就是这种状况的色情的化身。

---

① 琼·里斯(Jean Rhys, 1890—1979),英国女作家,最著名的作品是她为《简·爱》所写的前传《茫茫藻海》(*Wide Sargasso Sea*);埃德娜·奥布赖恩(Edna O'Brien, 1930—),爱尔兰女作家;琼·狄迪恩(Joan Didion, 1934—),美国女作家,2005年获美国国家图书奖。
② 朱迪斯·罗斯纳(Judith Rossner, 1935—2005),美国小说家。

她有多美丽就有多下流。正是她的美貌、她的顺从，以及她错误地期待这些品质能给她带来一些好处，致使她下流。

Ⅱ. 作为小丑的金发女郎

在一个把美貌看作商品的世界上，一个性感迷人的女人的实际价值取决于她利用外貌为自己工作的程度。通过拒绝以任何方式出卖自身甚至拒绝接受契约道德的观念，可爱的茱斯蒂娜，这位圣女，否认了自己在这个世界上的价值。可她的身体是目前她不得不出卖的最有价值的东西。她绝不能只靠出卖自己的劳力来谋生。

然而在一个由契约义务构成的世界上，妓女代表着唯一可能的诚实女人。如果现在的世界的确是一座妓院（这里所说的出卖自己的性劳动和出卖自己的体力劳动之间的道德差异是学术意义上的，尽管茱斯蒂娜不这么认为），那么为了逃避出售条件，个人所做的每一次尝试只会以这种或那种形式把女孩又带回婴儿床。至少睁大眼睛出卖自己的女孩不是一个伪君子，这在现金销售意识形态下的世界中是一个积极的甚至英勇的美德。

妓女把自身作为自己的资本投资。她的产品（她的性活

二 神殿的亵渎

动、她假装的反应)的价值正好与顾客愿意支付的金额相当,不多也不少,可是这也适用于所有的产品。然而妓女被虚伪的世界所鄙视,因为她对自己的资产做了一个现实的评估,不必依靠欺骗来谋生。在一个欺骗是两性之间常规做法的人际关系领域,她的诚实被报以嘲弄和惊异。她出卖自己,但她是一个公平的商人,而她明确接受所有两性关系中隐含的契约义务之举嘲弄了"诚实"女人的欺骗,后者除了无形的因此无法估价的在场的香味之外,对货物和金钱无以为报。诚实的妓女确信自己的直接价值,不仅对自己进行估价而且对她的客户进行评估。因此她完全可以忽视其余世界的意见,可是她的诚信不会受到尊重,即使她足够成功、生意兴隆,她也可能"毁掉"男人,就像任何成功的企业家一样。

茱斯蒂娜不信教的姐姐茱莉爱特在遇到并救助她那苦命的妹妹之前,"毁掉"了许多富有的男人,即使是在写于1791年的相对高雅的《茱斯蒂娜》中亦如此。在这一时期,"毁掉"用在一个男人身上意味着经济损失,但是用在一个女人身上则指的是一个从事性活动的女人,这暗示着银行余额和身体实际的相关性。一个堕落的女人是已经失去资源资产的人,一个失贞的处女,因此她没有有形资产可投放市场。一个女人的财富不是她的脸蛋而是她那没有破裂的处女膜,然而,如果她把性活动看作自己的资本,一旦堕落,她可能会利用自己的阴道去毁掉他人,似乎它的开放实际上让她可以获得被童贞冻结的资本额。由于不再是一个处女,她可能会用她的资本为自己效劳。

人们会为一个与成功的妓女处境相同的商人鼓掌喝彩,称赞他的聪明,钦佩他的无情。然而人们会谴责这个女人不道德的贪婪,尽管他俩如出一辙。

毫不犹豫出卖自己的女人很快就会采纳小店主的观念并把她的利益等同于现状。她会是婚姻的头号支持者,毕竟她的大部分交易难道不是来自已婚男人吗?通过接受两性关系的契约性质,即使是按照自己的条件,她像一个妻子一样安全地把自己禁锢在这些关系里面,尽管她可以保持更大程度的个人独立性。如果婚姻是合法化的卖淫,那么卖淫本身就是一种群婚形式。

然而,妓女也许能重获她出卖自己时丧失的道德地位,如果她以"抛弃自我"来终结自己的职业生涯。一个抛弃自我的女人会随意构成性关系而毫不考虑后果。尽管可能会有人屈尊怜悯她,人们还是更多地认为她无能而非可怜。拥有金子(一种商业意象)一般心灵的妓女无能地抛弃了一种相当于金钱的物质。如果一个女人把身体慷慨地用作获取经济利益的手段应该遭受谴责,那么这是否纯属自发显然令人难以理解。

二 神殿的亵渎

"太美了,简直不能碰。为着人间,这太贵重。"①如此美丽的一个女人简直就是一件小摆设,她所有的使用价值即她的性价值被否定了。

在电影院(人们可以在那里无穷无尽地观看却从不购买商品)胶片里的妓院中,令人赞叹的女人的美貌与作为不道德的美貌之源的性欲之间的张力进入了一个绝境。这就是圣女茱斯蒂娜成为银幕女主角的女赞助人的原因。

摆脱外表魅力和性欲在道德上不可调和之困境的首次尝试是将女主角虚构为尚未性成熟的流浪儿,这是玛丽·璧克馥(Mary Pickford)一直扮演到中年的角色。就像在格里菲斯(David Griffiths)的《残花泪》(*Broken Blossoms*,1919)中一样,有时候这个流浪儿如同茱斯蒂娜本人一样具有纯洁的情色和可怕的殉道。作为性感偶像,受虐的流浪儿允许主顾尽情食用他的蛋糕。她会尽可能地以自己的脆弱易损、可爱卷发来诱惑观众,但是观众始终都知道他们眼前这个可爱的孩子其实是一个成熟的女人,对她的童真的虚构使她成为一个禁忌。不能承认她的性欲这一禁忌让人们达成约定:儿童不会激发欲望,如果她激起了欲望,就会遭到矢口否认。一种感伤的转变把对欲

---

① 引自莎士比亚《罗密欧与朱丽叶》第一幕第五场,罗密欧初见朱丽叶,被她的美深深震撼。

望的否认化为对"可爱"的媚俗赞赏。

　　人们心照不宣地假定青春期前儿童的性欲不活跃,对他们性欲的禁忌也顺带消除了中年女性潜在的性欲威胁,她们的性生活也许被假设为已经终结。电影史上最为昭彰的梅·韦斯特(Mae West)的性欲只能在银幕上被人接纳,因为她快到更年期才进入好莱坞。这使她获得了些许男扮女装的演员无序的自由,就像由男性扮演的童话剧女主角被特许可做性暗示,因为他的阳刚之气让这些性暗示变成了对他所扮演的女人施加的一种男性侵略。

　　然而梅·韦斯特给观众开的玩笑是高超的空城计。她实际上是一个性自由且经济独立的女人,早年在剧场表演时,她自己进行创作,后来在好莱坞的演艺生涯中则使用了铁腕。她在影片中所说的话就是她亲笔写下的。她给世人所呈现的她自己的戏剧化版本既来自她的创作也取材于她亲历的生活。年龄不仅没有使她衰老,反而增强了她的自信,直到她真的可以装扮成一个男扮女装的演员。女性性欲中最令人不安的因素是生育,把女性从生育中解放出来的成熟不但没有使梅·韦斯特去性欲化,反倒对她有所助益。假如梅·韦斯特有一个萨德式化身,那么这个化身既不是茱斯蒂娜也不是茱莉爱特,而是那位要去救助茱莉爱特而非茱斯蒂娜、教导欧金妮·德·米

二 神殿的亵渎

斯蒂瓦尔闺房哲学的不孕不育且象征阴茎的母亲。如果说梅·韦斯特拥有温柔的机智，那也是具有阉割之力的；她那并未图谋力比多满足的部分头脑正在合计她的银行账户。

她所选择的戏剧和电影中的女性角色的工作都需要性的自我展现，而她把这些角色在银幕上表演出来的能力完全归功于她人到中年，即使她可以如此行事的原因在于她看上去并不像中年人。1932年她在好莱坞拍摄第一部影片《夜专夜》(Night after Night)时已年届40。中年妇女的文学原型是《罗密欧与朱丽叶》中的保姆，她可以随心所欲地说话，对她的目标挤眉弄眼、动手动脚，然而我们都知道这完全是对她的嘲弄，因为她得到特许的原因在于她又老又丑、没人想要她。梅·韦斯特所凭借的就是这种自由，即使她赋予了它新的意义。她受到万众追捧却绝对为自己而活，用一把愤世嫉俗的钱耙在她的崇拜者中挑挑拣拣，彻底反转了女性受虐狂的神话，就连1933年她主演的电影片名亦如此——《侬本多情》，She Done Him Wrong。她把自己的掠夺性装扮成隐藏力量的玩笑，与此同时又在开发利用这个玩笑。她没有英勇地去推翻禁忌，而是代表着对习俗充满讥讽的漠视。

欧洲的爱之女神嘉宝(Greta Garbo)和黛德丽(Marlene Dietrich)则是另一回事。她们把异域性一起带到了好莱坞，带到了姑娘们从名为《小妇人》和《好妻子》①的书中学习自我隐没技巧的国度。她们羽翼丰满地离开欧洲那个通奸之地来到这里,在欧洲,女人满足自己的性欲被文化所认可而且被公认为对社会具有破坏性,即使福楼拜的《包法利夫人》、托尔斯泰的《安娜·卡列尼娜》所隐含的在劫难逃的通奸神话总是赋予它悲剧性重演。如果说不正当奸情的悲剧性重演与直接否认它的存在一样愚蠢,那么悲剧性重演至少可以赋予不正当奸情一种愚蠢的尊严,而淫妇也能保留一点自尊。此外,如果淫妇有点心计,可能就会发展成女冒险家,而她在生活中(如果不是在艺术中)始终处于自由女性的地位。

嘉宝和黛德丽的身上都保留着欧洲女冒险家的气概。无论她们在生活中表现得如何谨小慎微(两人都是考虑周全的典范),显然,她们的银幕形象所惯用的手段都不仅仅是未破裂的处女膜。此外,两人经常异装现身,这总是让男人感到安心,因为一个装扮成男人的女人也就取消了自己的生殖系统,如同绝经后的女人,还可以自由充当同性恋幻想的安全阀。

在19世纪40年代,好莱坞的公共性观念最终自我归化为一个茱斯蒂娜那样的版本。女性的贞洁被等同于性冷淡,而女

---

① 均出自美国作家路易莎·梅·奥尔科特(Louisa May Alcott,1832—1888),后书为前书续篇。

二 神殿的亵渎

人的品行则等同于她的性实践(这些等式干净利落地阻断女人质疑公共道德的可能性)。

然而事实证明,要把性欲从银幕上清除完全是不可能的。即使当女性的贞洁被等同于无性时,性欲也一以贯之地自我重申,因为一张漂亮的脸蛋和一副撩人的身材始终是一个女人在电影中成功的先决条件。电影赞美诱惑力本身,然而要么否认可用性内在的吸引力,要么把可用性本身看作一个蹩脚的笑话。

这种张力的文化产物就是不好不坏的女孩,金发、丰满却不幸的圣女茱斯蒂娜的姐妹会,其中最著名的殉道者就是玛丽莲·梦露。

咱们来看看她俩有多么相似!玛丽莲·梦露是一个活生生的茱斯蒂娜。她俩都长着一双会说话、令人心动的大眼,它们是灵魂敞开的窗户;她俩令人眩目的白皙皮肤如此细腻柔嫩,似乎碰一下就会挫伤,身上长时间地带着令人兴奋的性暴力红斑。这就是绅士们偏爱金发女郎的原因。玛丽莲/茱斯蒂娜像孩童一般坦率和轻信,始终不折不扣地信赖而又始终被人出卖,这给她造就了淡淡的忧郁气质。这种信赖的品质是萨德式浪荡子眼中最迷人之处。作为受虐狂之诗的鉴赏家,他们马上就能识别出那些哭泣时看上去最美的姑娘。雇佣茱斯蒂娜邪恶的褐发姐姐茱莉爱特做老鸨的圣丰焦急地询问她物色的一个姑娘的情况:"她哭泣吗？我爱看女人哭泣。跟我在一起,她们总是哭泣,全都如此。"

世界上最著名的金发女郎的肉体本质是边界有点模糊的有益健康的色情,模糊的原因在于,事实上,她自己也不太确定色情是什么。这赋予她一种试探性的光辉,也使她莫名地总是更像自己的镜像而非自身。她那诗意的模糊性和脆弱的外表皆归因于此。玛丽莲·梦露精致殉道的代表身份如此极端,这使得诺曼·梅勒(Norman Mailer)笔下的她的生活完全由神话而非事实构成。他所写的传记《玛丽莲》是茱斯蒂娜殉道的一个当代版本,如同圣徒传或下流书一样,文本必须配图才能让你理出个头绪。为了知道她身处绝境的模样,你不得不去看她,而在你的内心深处这也是你想见到她的方式。男人,以及女人去看她,都是因为需要说服自己,他们自己戒绝的美丽总是给它那不幸的拥有者带来苦难。梅勒把搜集到的所有关于最美的金发之身固有的凄美的俗丽言辞都赋予了他笔下的这位圣徒。她也拥有缺乏自知之明而带来的所有可怕的纯真;她简直就是一个圣愚。梅勒颇为赞许地引用了戴安娜·特里林(Diana Trilling)的话:

二 神殿的亵渎

除了玛丽莲·梦露,没有人能够暗示如此纯洁的性快感。她大胆奔放地炫耀自己,却从不下流粗鄙;她光艳夺目、虚张声势的性感流露出一股神秘而缄默的气息;她的音色带有性兴奋成熟的弦外之音,却又是一个小孩子的声音(这些复杂性都是她的天赋不可或缺的部分)。它们描绘了一个被困在无意识之永无乡的年轻女子。

对永远是不知情的猎物的茱斯蒂娜来说,这真是一首恰当的赞美诗。正如梦露在《妙药春情》(*Monkey Business*,1952)中对格劳乔·马克斯(Groucho Marx)所说的那样,茱斯蒂娜也会说"男人们总是跟着我",却根本没有意识到他们为何这么做。如果她有下流粗鄙的自信(下流粗鄙有什么错?),那么情况就会大相径庭。

玛丽莲因服用巴比妥类药物孤独地裸体死在床上,这是所有恋尸狂崇拜和渴望的死亡场景,这是甜蜜的金发傻妞被雷电击死的当代版本,这个身披金羊毛的蓝眸羔羊被送到世界的祭坛上屠杀。在她去世前的夏天伯特·斯特恩(Bert Stern)给她拍的裸照中,我们甚至能看到真正的瘢痕组织(胆囊手术所致,女性身体带有手术刀亲密而残酷的挖掘痕迹)。玛丽莲从孩提时起就一直受基督教科学会教义的熏陶——"神圣的爱总是满足并始终满足每个人的需要",这也是虔诚的茱斯蒂娜自己未曾言表的箴言,这样的人生故事是由无神论者所写的灵魂寻找神灵的朝圣之旅。

梦露是成就而非生就的金发女郎,金发碧眼是一种任何非常想得到它的人都渴望的矛盾而优雅的状态。根据弗雷德·劳伦斯·盖尔斯(Fred Lawrence Guiles)的传记《诺尔玛·琼》(*Norma Jean*)所述,1946年,梦露的经纪人告诉她:"我要给一个浅金发女郎、蜂蜜或者是白金打个电话。"在这个世界上,女人就像牛排一样可以单点,全熟、半熟或带血的。金发女郎是可得的最有利可图的身份,金钱将她出卖给圣洁,如果她自愿成为金发女郎,她总会自动承担孤儿的全套装备。生父不明且非婚生,为自己的辛酸处境痛心不已的她给自己杜撰了一个真正孤儿的苦难史:童年在孤儿院度过,擦洗地板,被人殴打,被指控偷窃,睡在没有窗口的橱柜里,不可避免地被强奸。

这些不幸给她的成熟老练增添了极其诱人的受苦受难的露水。阿瑟·米勒的戏剧《堕落之后》(*After the Fall*)中的男主人公对一个疑似梦露的女人说道:"我看到了你的痛苦。"可见的承受痛苦的能力会引发更多的痛苦。在煽动人们的激动情绪并把这种情绪从她本人身上转移到她所属的性别这件事上,她是一个老手。难道她不是一个性感的象征而且是她所属

二 神殿的亵渎

性别的象征性化身吗?影片《热情似火》(Some Like It Hot, 1959)拍完之后,导演比利·怀尔德对一个采访者说,过了好几周他"才能直视我的妻子而不会因为她是一个女人而想揍她"。梅勒如获至宝地把这一则闲话珍闻嵌入了"玛丽莲"神话。

金发女郎体格上的脆弱当然只是表象。她必须拥有一副强健的体魄来经受住生活的打击。她的脆弱性简直就是有意识的受虐狂伪装,而受虐狂则需要无限的适应力。尽管如此,受害者还是在她的一举一动、一言一行中显示自己的脆弱。在影片《热情似火》中,圣女用第三人称谈论自己并哀叹自己的命运时说道:"秀珈总是最倒霉的那一个。"她的不幸并非自己的过错,她对此确定无疑,因此并非对她的清白本身的展现让我们看到了她的清白。清白是一种透明的品质,光天化日之下很难看见。只有通过亵渎我们才能看见她的清白;飞溅的泥浆才能使白页分外醒目。

这个生父不明、遍体鳞伤的孩子一点儿也不聪明,而是傻乎乎的;梦露的一个情人说,是像狐狸一样傻。这种傻并非愚蠢而是天真无邪,它是如此完美,以致在功能上与愚蠢无异;只是由于她对自己力量的无知,她才会认为自己容易受伤。由于她对自己交换价值的无知,她认为自己一钱不值。

从《绅士钟爱金发女郎》(Gentlemen Prefer Blondes, 1953)

到《乱点鸳鸯谱》(*The Misfits*, 1961)，梦露在她的主要电影作品中始终是一个不好不坏的女孩。不好不坏的女孩这个感伤形象的原理在于，她拥有一个妓女的全部外貌特征和一种可持续利用的气息，然而在危急关头她绝不会屈尊出卖自己。不应受到谴责，其实几乎值得称赞的是（有一刻我们可以钦佩她那误入歧途的慷慨大方），她竟然免费白送。然而她的风流韵事下场都很惨，她的慷慨总是被滥用，她没有意识到自己的肉体之所以神圣是因为和金钱一样好。总之，她是最可笑也是最可怜的人，一个不成功的妓女，活生生证明了多作孽必自毙以及罪恶的酬劳少得无法支付租金。无论是做妓女还是商人，她的表现都很差，这本身就证明了她的心是金子做的。

金发碧眼、不好不坏的女孩总是没有好下场，这是圣女茱斯蒂娜的部分有害遗产。深色头发甚至是红发的芭芭拉·斯坦威克(Barbara Stanwyck)、琼·克劳馥(Joan Crawford)、雪莉·麦克雷恩(Shirley Maclaine)都获得了茱莉爱特的坚韧，让自己的身体积极地为自己工作。的确，霍华德·霍克斯(Howard Hawks)的《绅士钟爱金发女郎》把梦露致命的脆弱和简·拉塞尔(Jane Russell)的粗俗并置，简直就像萨德双联画的温和版本。

然而，不好不坏女孩的神话角色直接与她生活中的真实情

二 神殿的亵渎

况相矛盾，所有的神话角色皆如此。她假装是一个不成功的妓女，可事实上她是一个非常成功的妓女，而且还是一个不必送货的妓女。她出卖的不是真正的肉体而是肉体形象，因此她以作为一个成功的想象中的妓女为生。不过由于她不能控制对自己的营销，人们假想中她的魅力而非真正的肉体成了商品。她出售的是永远无法实现的承诺，而承诺的无法实现是一种安慰而非遗憾。她的实体永远比不上对她的宣传。因此她始终保留着理论上的童贞，即使每天晚上她都被上千双眼睛强奸两次。

不好不坏的女孩以其魅力著称，可是她的魅力绝不能压垮观众。此外，她也没有足够的自信来压垮男人。她不得不依靠一种孩子气的魅力，她与玛丽·璧克馥而非梅·韦斯特之间具有更多的共同点。为了让男人和她自己都感到放心，相信她自己的性欲不会揭示他们自身的机能不全，她必须去迎合男人身上的恋童癖。如同茱斯蒂娜一样，她无法做出判断；她带着人类堕落之前的天真无邪，并不知道善与恶的区别，只知道令人愉快和令人不快的差别。

此外，她的纯真也不允许她去拉客。她的纯真是她自身客体地位的借口；由于她不知道如何渴望，因此她无法拉客。她始终都是猎物而非猎手。《索多玛120天》中的萨德式浪荡子说道:"最无辜者受折磨最多。"她却不明白这一点。

最重要的是,她发现自己不能把自身的魅力当回事。她必须一笑置之。美丽的尤物必须成为一名喜剧演员。她将采用无性小丑的可怜装备来保护自己免受追求。一个可爱的女人在本质上始终是一个喜剧人物,即使在现代悲剧艺术中亦如此,弗兰克·韦德金德(Frank Wedekind)的"露露"系列剧《地精》(Earth Spirit)和《潘多拉的盒子》(Pandora's Box)就是奇妙的例证。在两出戏的整个演出过程中,舞台装饰最显著的一个部分是美丽且性自由的露露形象,她装扮成了意大利即兴喜剧中耽于幻想的丑角。降低非常迷人的女人的身体价值,这无疑是一种现代现象;莎士比亚几乎不会让《安东尼与克莉奥佩特拉》的表演被佩戴着宫廷小丑的帽子和铃铛的女主人公形象所支配。然而此人必须取笑自己,因为她永远不会承认她知道自己为何漂亮。露露自己肯定猜到了她为何漂亮;而开膛手杰克则必须刺穿她,让她知道她的美貌本身就是罪恶的根源。为了避免这种不愉快的结局,漂亮女孩必须自愿把她的乳房和臀部从狐狸精的军械库中移除。首先她必须假装自己无法理解这些部位是如何出现在那里的。

它们甚至很快失去了女性传统属性的意义;它们成了变性人的标志,仿佛黄金岁月的乳房和臀部有一种与生俱来的奇特

二 神殿的亵渎

怪异,仿佛人类的一半都没有配置这些部件。它们就像是在女人身上发现的鳍片或翅膀一样,属于令人惊讶和非同寻常的身体附属物。

这个世界如释重负地松了一口气;纯属自愿的阉割!她承认自己的性欲是多么可笑,从而去除了自己的性征。她准备好让她的奶子和屁股转变成喧闹笑声的引子,犹如小丑的红鼻子和蓬蓬裤。它们只不过是引发欢笑的信号。梦露不明白自己为何被尾随之际,格劳乔会抽动眉毛、咬咬胡髭;他知道出丑的是她。她对自己制造的色情骚动的无知是她的喜剧性纯真的结果,因此她甚至被剥夺了对自己的所有权,如同她的纯真表明她多么容易受骗上当一样。她不会顶嘴;她难道不是哑巴吗?她把自己从露露这个悲剧女主人公的十字架上扯了下来,让自己置身于滑稽戏隐形的枷锁之中。

弗兰克·塔什林(Frank Tashlin)50 年代的电影《春风得意》(*The Girl Can't Help It*, 1956)中的奶瓶笑话完美地说明了这种喜剧性的堕落。简·曼斯菲尔德(Jayne Mansfield)抓起奶瓶放在她的乳房上,粗鲁地提醒大家这些腺体的主要功能。不,它们不是取乐的球体;绝不是浪漫的弗洛伊德所认为的爱欲与饥渴相遇的神奇地方……它们是滑稽的脂肪球体,其功能可以更卫生地被任何乳制品所取代。

珍·哈露(Jean Harlow)、茱蒂·霍利德(Judy Holliday)、简·曼斯菲尔德这些美丽的金发小丑，这个名字以不幸的 J 起头的女团，人人都英年早逝，仿佛茱斯蒂娜的名字是选角办公室中挥之不去的种族记忆。所有人都是难逃厄运的茱斯蒂娜。如今她必须为自己身体无礼的过度装备而不断致歉，这对她来说是一种无休止的难堪。然而她用来自我保护，不让人们知道自己性欲的笑声本身就是一种污辱，而她试图通过先嘲笑自己来免受这一污辱。

她希望缴械并由于对自己魅力的无知而为人所爱，就像茱斯蒂娜穿着白色小连衣裙去见牧师（"男人们一直跟着我"），却因她的烦恼而被强吻时所做的那样。然而萨德对生活有一种悲剧感，在茱斯蒂娜所受的屈辱中，他没发现任何可笑之处。美丽的小丑必须忍受笑声，尽管她的滑稽只是由于她不知道自己有自愿强迫、吸引和接受来自他人的服从的力量，而这种服从是他人强加于她的。

为了脱离无穷无尽的屈辱给她带来的痛苦，她培养了自己的纯真、自己的愚蠢；由于被逐出了自己的魅力，她不知道自己的魅力在多大程度上偏离了规范并因此暗示了整个规范理论的不足。她不会如她所希望的那样被爱，因为她是如此美丽、如此不安分，她是迎战之后仍然存在的挑战；她只会

二 神殿的亵渎

招来怨恨。

她想要展现自己的脆弱以避免敌意并引来怜惜。她以为如果自己说:"看看你伤我有多深!"她将止住惩罚,但惩罚仍在继续。惩罚在加重,因为其目的就是施加她那无奈的抗议刚刚证实的痛苦。

她无法控制她引起的笑声和蔑视。它们控制着她,改变了她对自己的看法并辱没她。

在她身上,这个可爱的鬼魂、僵尸或者女人(她从未真正地生为女人,只是作为一个低劣的文化观念中的女人)只因她的装饰价值而被欣赏。想象中的妓女的最终状况:男人宁愿跟她上过床而不是跟她上床。她作为记忆或作为自慰幻想最激动人心。如果她认为自己是别的什么东西,她那矛盾的处境就会毁掉她。这就是梦露综合征。

她从未将自己的外貌视为自己的特质,而是视为与她无关的东西。她害怕男人只因她漂亮而想要她,因此她的外貌则被认为毫无用处,在她看来它只是存在于观众眼中的对她的屈辱、对她的痛苦情状的映像,他们看着她受辱、痛苦,这给目击者带来了如此之多的快乐。她可能会自负;她不会感到自豪。而且因为她很漂亮,她会引起强烈的邪欲。因此她心里明白她肯定是坏人。如果她是坏人,那么照理她该受惩罚。她总是准备面对更多的苦难。她总是准备面对更多的苦难，因为她总是准备着去取悦别人。在《茱莉爱特》一书中，当一个被圣丰折磨的女孩痛哭流涕时，圣丰呼喊道："这就是我喜欢女人的方式！"

茱斯蒂娜是19世纪和20世纪早期拒绝将女性气质作为实践、拒绝将女性气质作为应对世界的积极方式的典范。最糟糕的是，文化上的共谋欺骗了茱斯蒂娜和她的姐妹们，让她们相信自己可爱的存在本身就是对世界的充分贡献；因此她们展现出不能抵抗和无能为力的神秘形象，永远陷入软弱无能之中。

Ⅲ. 玫瑰上的癞蛤蟆

浪荡子除了肉体之欢拒不承认任何律法；努瓦瑟是茱斯蒂娜姐姐的情人，他如此描述浪荡子色欲的完美对象：

> 美丽、贞洁、清白、直率、不幸——上述任何品质都不会保护我们色欲的对象。相反，美丽只能使我们更加恣睢；贞洁、清白和直率提升了对象的魅力；不幸使之为我们所掌控，使之服从于我们；因此这一切的品质都只能更加撩拨我们，我们只能把它们看作肉欲的助燃剂。这些品质

二 神殿的亵渎

也只能使我们有机会再次违禁；使我们获得如亵渎神灵或冒犯我们本该崇敬的事物般的快感。那个漂亮的姑娘不过是傻瓜才恭敬的对象；当我把她变成我最强烈、最粗俗的欲望的目标时，我同时经历了双重快乐：既给我的欲望奉献了一个尤物，又为它奉献了一个众人拜望的对象。

萨德关乎性欲的比喻总是含糊其词。从语言学的角度来看，他把女性肉体的性欲特征神秘化了；他用神圣的词汇描写它，甚至用神圣的建筑来打比方，把它比作圣洁之所。女性的私处被比作神龛；外科医生罗兰特别强调女性的私处是"我永爱的欢愉之圣所"。萨德一以贯之地对女性身体同时进行讽刺和神圣化；即便在身体的禁欲期，当它溅满血污，这祭坛仍然保持着它亵渎圣物般的魔力。祭坛前有献香；阴茎插入射精便是在大自然为效忠而准备的祭坛前"烧香"。高潮常常被解释为效忠。这样的臣服本身就模棱两可：暴力操作使它也可以被接受者看作亵渎，令人发指的纯粹敌视。

萨德不时对阴茎进行庸俗的处理，称之为"爱之欢愉的头号代理"，而更多时候它被视为一种机械装置、引擎、战斗工具或一种武器。它也屡次被称为毒蛇。"毒蛇射出它的毒液"；"蟒蛇就要释放毒汁"。在树林圣玛利亚修道院，当茱斯蒂娜看到放荡的僧侣热罗姆把阴茎插入一个年轻女囚口中时,她想:"肮脏的爬虫摧折了玫瑰。"性交既是污辱也是献贡,而亵渎的行为本身也巩固了圣地神圣不可侵犯的特征。俗世中的不纯洁毫无意义,只有虔诚的信徒才能看到亵渎圣灵的纯粹魅力。在萨德关于不近人情的乌托邦的冗长作品《继续努力吧,法国人,要是你想成为共和国公民》中,女性的性器被喻为"共有的源泉"。类似的存在是不可能被玷污的。但是共和国平等主义的乌托邦尚未实现,我们必须继续对付肮脏和冒犯这样的想法。

这也使得年轻的姑娘、处女、玫瑰、罗莎曼迪[①]或神圣的处女玛利亚必须美得倾国倾城。她的美激起虐待,因美使她成为被尊崇的圣物。她对恭敬的期待使她变得被动而虚弱,也在她想当然的恩宠地位突如其来被取消的时候,给她带来了可怕的惊异。

茱斯蒂娜认为自己的美貌和美德必须受到尊敬,这个她一直不能摆脱的想法便是她悲惨生涯的根源。女性的美貌、年轻和天真使她们在世间看似高人一等,她们因此更容易得到爱情和仰慕,但其实这是假象,因为这世上年轻、貌美而单纯

[①] 一种月季花。

二 神殿的亵渎

的女性也同样缺乏行动力。她手无缚鸡之力，所以得到尊重作为补偿，这在很大程度上是一种虚假无益的传统。她把自己神秘化了，自恋般地把自己想象成圣女玛利亚，除了这些幻想，她不知自己是什么。她把自己推崇得有几多神圣，想象得有几多圣洁，也就能把自己糟蹋得多么厉害。单纯者总是身处险境。

在树林圣玛利亚修道院为僧侣取乐而被囚禁的女孩都来自富裕而显赫的家庭。"无一不来自最高阶级，无一不受尽侮辱"。《索多玛120天》中的浪荡子都来自一家成员为巴黎人的高级夜总会。他们一周举行四次派对，其中一次专门虐待来自上流社会的女性。另外他们还每周举行一次晚宴，专门由四名从贵族之家绑架来充当妓女的女孩侍候，这些女孩遭到非人的虐待。这些浪荡子筹划西林城堡的假日派对时规定，老鸨和皮条客必须从最显赫的家庭中找寻猎物，而中介则可以从每个猎物身上抽取三万法郎的服务费。

由于其美貌和贞洁承担着本阶级的某种功能，上流社会的女性处处受尊敬，也就无需被视为常人，因此成为浪荡子狠狠发泄肉欲的对象。这些女子由于期待尊敬和仰慕而遭受严惩，因为对自己的性行为标价过高而遭到强暴。她们的性节制几乎是一种炫耀性消费，是只有通过某种形式的卖淫才能取得经济独立的那个阶层的女性无法获得的炫富奢侈品。跟某些现代女性过高地估计了自己的高潮潜力一样,她们过高地估计了自己的贞洁;这两种高估都是精英主义的表现。

但是这些年轻女性在她们那些昂贵的寄宿学校学到的顺从大大地便宜了那些浪荡子。这些女子不会反击,她们根本不知自己原本可以反抗。她们学到的与贞洁齐名的性冷淡阻挠她们在性关系中采取主动,无法变被动和卑微为主动状态。她们不仅无法在强暴者的怀抱中获得愉悦,也无法承认竟然有这样的可能,而这些可怜的姑娘总是感到惊恐、憎恶和惧怕,因为她们认为对色欲淡然无感和色欲本身一样无耻。

童话中的公主被贬抑为贫民窟的妓女,而发泄兽欲的浪荡子实现了这一反转。然而由于公主还保留着本人是公主的意识,无法如妓女般泰然自若,她便真正地降低了档次。

浪荡子向她展示了,那些使她高人一等的品质可以从她身上轻松剥掉。他们把她面朝下扔到床上,专心盯着她的屁股,而这个部位是尊严一向都格外否认的存在。他们逼她公开表演各种分泌排泄活动,而这些都是她只在私下里才偷偷摸摸来一下,好像那样做会使她堕落,使她太像个寻常人、太普通,而像自己这样的稀罕造物是不肯公开承认的。(斯威夫特惊呼:"西莉亚排便了!"如此高贵的造物,处处似天使,无一像猿猴,

二 神殿的亵渎

如何做得这等事？上帝一定是残忍到了极点，才这样来撕碎我们的幻觉。）

对她最后的羞辱便是让她意识到自己的价值从来由不得自身，而是露天市场的各种叫价，现在公主也被强加了一个价签。跟普通犯人一样，她头上也有个标价。她就像蛋糕一样被买进卖出。

迄今为止，她就像个陶瓷人儿似的，给这个世界显示的是一张上了釉的脸。她的外表似乎太过光滑、太过密实，没有缝隙让任何情感渗到里头来。但是如今在鞭笞之下，她浑身沾满排泄物和精液，昭示着自己就是普普通通的人。她尖叫、恳求、啜泣。痛苦得意扬扬地在曾经滑溜到似乎无法承受它的甲壳上找到了一个落脚点。她在痛苦中存在，她要敞开心扉拥抱这新发现的受虐体验，因为她在受罪的过程中体验到了存在的感觉。

Ⅳ. 茱斯蒂娜的道德观

在《茱斯蒂娜》的续篇中，用小男孩做祭礼的贝尔莫尔对他的好友茱莉爱特即茱斯蒂娜的姐姐解释说，以浪漫爱情的各种形式所展现的对女性的反常崇敬，源自远古时由妇女执掌的巫术和占卜。贝尔莫尔认为,对一个不受制于无知迷信的男子而言,女性不过是性交中的受器、管道工的疏通工具。除却所有的神秘面纱,西莉亚不仅排泄,而且她本身就是个便器。

妻子和母亲也因为她们的职能和传统被神圣化了,也因此承载了极大的愤怒。在树林圣玛利亚修道院中,怀孕就是死刑。茱莉爱特在佛罗伦萨度假时折磨孕妇。在《索多玛120天》中,西林城堡中最令人发指的折磨留给了怀孕的康斯坦丝。德·米斯蒂瓦尔夫人是妻子和母亲,是《闺房哲学》中女儿泄愤的对象,其形象被彻底亵渎。她的母亲形象在残忍的召魔仪式中被剥除,她被自己的女儿强暴。在萨德的妓院里,丈夫把妻子推入淫窟,逼迫妻子目睹女儿卖淫。

母亲的形象也从神龛、圣家族中被提取出来,移交给世俗世界这座通用化并恢复到原初自然不纯状态的公共妓院。妻子和母亲的形象则是从这里剥离出来的。茱莉爱特的同谋卡莱维尔说:"放荡的女性一度在全世界受到推崇,到处都有她们的崇拜者,寺庙中也不例外。"违背自然的不是性交而是节制性欲,然而圣洁的母亲不理解这一点。她接受惩罚,因为这使她觉得自己因此更加高贵了,然而她拒不接受肉体之欢,因为欢愉使得生殖活动再无责任可言。

嘲讽的崇拜者来到圣殿,把它夷为平地。浪荡子把圣洁的

二 神殿的亵渎

处女面向下掀倒在床后鸡奸她,他把大自然用于排泄的孔洞变成了多重欢愉的出口。圣母曰:性除了生殖,其他意图统统违禁。荒谬!浪荡子这样呵斥。颠倒常见行为改变了惯例的重要性,简单的颠倒也因此变成了复杂的改观。疯女雅内对主教说道:"爱欲在排泄的地方搭建了自己的金銮殿。"神圣的审美视为禁区的身体部位——屁股和肛门,偏偏成为人们心心念念的地方。

一旦为欲望所牵挂,它们也就成了美之所在。

《索多玛120天》中的浪荡子们把四个干瘪丑陋的老太婆带到了他们度假的城堡。他们对这几个皱纹横生、溃烂丑陋的老妖婆暴露的火热性欲,讽刺性地颠覆了对肉体美的崇敬。丑到极致的人体和美一样非比寻常,同系过度之属。既如此,又为何不能诱发激情?此外跟靓女美男一样,丑怪老妇也遭到折磨和杀戮;一旦被欲求,她们必须为自己的合意性付出高昂的代价。

成为欲望的对象就要被定义为被动。

在被动中生存就要在被动中死去,也就是被杀戮。

这就是童话故事中完美女性的寓意。

似非而是的是,茱斯蒂娜唯一的胜利在于不肯把自己看作物品,尽管她遇到的每个人都这么看她;由于她的自我意识得不到任何他人的认同,这胜利的意义很是空洞。她代表了悲剧性的资产阶级个人主义者,她的姐姐茱莉爱特则代表了这个阶级英雄主义的一面。她们两人都是纯粹由男性定义身份的女性。

三　作为恐怖主义的性
茱莉爱特的一生

时间是个男人,空间是个女人,她那男性的部分便是死亡。

——威廉·布莱克《最后的审判之想象篇》

Ⅰ. 成就

茱莉爱特和她妹妹的生活是辩证统一的关系。罪恶会不可避免地肆意横行(这一点通过她处处胜利的职业生涯反映出来),茱斯蒂娜生活中的各种美德必然带来厄运,这两者并不能相互抵消;相反,它们互相映照、互相补充,就像一对镜子。每个故事都有相同的寓意,分多层讲述,基本可以概述如下:一个阶级的舒适建立在另一个阶级的悲惨上。萨德完美的逻辑不容人们一厢情愿地认为穷人应该有更多金钱,而我们的钱又不会因此减少。在男人的世界里,生为女人自然不利,就像生为穷人一样,但生为女人倒是一个更易于更正的条件。如果她抛弃女性特质的实践,就能很容易地踏入富人和男人的阶级,只要她按照那个阶级的原则行事。

茱莉爱特的生活提出了一种亵渎性地掌控权力工具的办法。她是一个根据男性世界的规则和惯例来行事的女子，因此才没有遭受痛苦。相反，她制造了痛苦。

"萨德侯爵选择的是女主角而不是男主角并非偶然，"纪尧姆·阿波利奈尔说，"茱斯蒂娜一直都是女人，从以前直到现在，她被奴役，处境悲惨，过着非人的生活；她的对立面茱莉爱特则代表了他预料会到来的女性，一个思想还没有构思好的形象，一个从人类中诞生、将会生出翅膀并使世界焕然一新的人。"70年前，阿波利奈尔可以把茱莉爱特等同于新女性；时至今日，人们还很难这么看，尽管她在某些方面仍是女性的一个榜样。她是合理性的化身，用尽了大脑中的每个细胞。她不会服从谬误重重的内心冲动。她的思想就像编程的计算机一样只能为自己产生两种结果：金钱上的收益和性欲的满足。她使用女性很容易低估的智力装备即理智摆脱了女性特质的缺陷，然而她确实是讽刺意义上的新女性。

她反映了一种女性行为模式，而不是女性行为的典范，她的胜利也就和茱斯蒂娜的灾难一样矛盾重重。茱斯蒂娜是正面形象，而茱莉爱特则是反面形象，两者都丧失了希望，都无视未来可能存在综合她们生存方式的可能性，那就是既不服从也不冒进，思想和感情并举。

三 作为恐怖主义的性

如果茱斯蒂娜因为自己是女人而只能做国际象棋中的兵，茱莉爱特却一步从兵变身为皇后，因而可以在棋盘上随心所欲。尽管如此，仍然会有国王莅临的问题，而他才是这场游戏的君王。

跟《贞洁的厄运》一样，《罪行的昌盛》(*The Prosperities of Vice*)也是一部黑色童话，但它是茱斯蒂娜的镜中奇遇记，本就颠倒的形象再次被颠覆，因此有着幸福的结局：有情人终成眷属，人人圆满幸运。极具流浪汉小说风格的叙事精确地讲述了茱莉爱特职业生涯的各个细节。茱莉爱特坏事干尽却没有受到惩罚，而茱斯蒂娜则被指控犯了那些罪。相反，茱莉爱特却因为不向法律低头而受到报答。她无需屈从于法律；她是法律的从犯，如果不能说法律是为她而制定的，至少可以说法律能为她做出调整。她和制定法律的人睡觉，迎合他们五花八门的性要求；她知道他们的弱点，依从他们，因此也得到他们类似黑手党般的袒护。而且，茱莉爱特通过强大的意志、自我掌控欲和登峰造极的体验把加在茱斯蒂娜身上的痛苦变成了自己的欢愉。茱莉爱特学会了从痛苦中寻求快感，主动追求美妙的神经刺激；没有什么能让这位丰满的褐发美人儿那厚厚的皮肤结痂，因为她知道如何给自己拉客，除非为了计谋或游戏，她绝不会成为别人的性猎物。

茱莉爱特的生活就像帖木儿大帝的统治一样，是野蛮行径的算术级数增长。如果我们欣赏一位大将军的征战却拒绝欣赏茱莉爱特，这是不是虚伪的表现？如果她的生活和茱斯蒂娜的生活一样是向死亡的朝圣之旅（毕竟茱莉爱特也是要死的），在由神、君王和律法三重象征男性权威统治的世界上，茱莉爱特比她的妹妹更清楚反抗命运是多么无益。她的自控力超乎寻常，下意识里也不会这么做。

茱莉爱特的故事并非始于1791年版《茱斯蒂娜》结束的地方——一个忏悔的茱莉爱特进了女修道院，而是始于茱斯蒂娜放纵的一生之后茱莉爱特的自传。我们又回到了茱莉爱特的闺房，茱斯蒂娜本人也在这里听茱莉爱特讲故事。这部小说的结尾是另一个茱斯蒂娜之死的渎神版本。

茱莉爱特讲故事的功能本身也部分地反映了她的妓女属性。她是完美的妓女，跟《索多玛120天》中的妓女一样。在那本书中，四个浪荡子把巴黎四个最出类拔萃的妓女带到了偏远隔绝的西林城堡，除此之外还有很多人妻、佣人和受害者。这四个女人从随后发生的杀戮中活了下来，她们都将平安还家，这不仅是因为她们坏透了，还因为她们像山鲁佐德一样，懂得如何运用词语和讲述的力量使自己免于一死。她们连绵不断的讲述保护了她们，让她们逃离了断断续续的死亡。这些女性

三 作为恐怖主义的性

像茱莉爱特一样讲述了自己的生活故事。她们的性经历逸事决定了她们在城堡中淫乱的形式,这样她们就能保证自己不会在任何淫乱中成为牺牲品。茱莉爱特是化身为故事叙述者的妓女,经常因为与自己的听众性交而中断讲述;这些听众都是老朋友,偶尔也会以演员的身份出现在讲述中。她专门为他们在文本中留下了一个色情的空洞。

对茱斯蒂娜这个不情愿的听者而言,她姐姐的自传和她自己不经意地卷入随后的仪式是另一种受难,不情愿地被牵连到色情里的受难。

茱莉爱特的教育始于她和妹妹度过童年的女修道院。如果茱斯蒂娜在那里学会了虔诚和服从,茱莉爱特则在那里学到了欢愉和理智。女修道院院长德尔贝是被强行送到这里的,只为给父母省下一笔嫁妆。她利用充裕的闲暇向自己管教的这些年轻女孩灌输种种涉及两性知识、伦理的相对性、军事化的女权主义和教条主义的无神论等的观念,因为她发现她们天生就有向恶的倾向。人性本恶的观念是萨德心理学的基础,罪恶跟美德一样是天生的,只要社会条件不可变更。这种紧身衣式的心理学认识论使他的小说直接与童话故事和寓言中非黑即白的伦理世界产生了联系,却与他一贯阐释的道德相对论的一般理论(即善恶并非总是殊途同归)发生了冲突。因此他的人物代表了并不存在绝对的道德因子的世界中绝对的道德因子。这是他的小说中一直存在却从未解决的主要矛盾。

跟所有萨德的理智女性一样，德尔贝偏爱自己的性别。茱莉爱特是求知若渴的学生；她不仅从德尔贝那里了解情况，也向一个逃到妓院工作的朋友求教。茱莉爱特很容易就能结交朋友，这和她的妹妹很不一样；独处可不是她的品格，即便当她一个人的时候，她也不会内省，更不会抑郁。她不仅没有内心世界，也完全否认还有内心世界这回事儿。

对茱莉爱特而言，女修道院是爱的学校。她的"入学"经由谋杀而完成，因为这个女修道院也是一处萨德式特权之所，这里一切皆有可能。女修道院院长德尔贝充任了茱莉爱特母亲的角色。她是茱莉爱特个人历史上第一个受欢迎的神仙教母，是那种磨砺了孩子的理智和性欲并把它们变成武器的成熟的放荡女性。她是文雅的贵族版女匪拉·迪布瓦，而茱斯蒂娜在职业生涯初期就拒绝拉·迪布瓦的保护。与拉·迪布瓦不同，德尔贝有途径和机会发展自己的智力，她阅读斯宾诺莎并给茱莉爱特讲授什么是正义的属性和女性性自主。她有一颗冰冷的心，可以为取乐而杀人。

理智的声音总是倾向于颠覆破坏，只能发自怪物；萨德在创造德尔贝的同时一定也审查了她。她因理智而邪恶。

三 作为恐怖主义的性

在德尔贝的怀抱中，茱莉爱特培养着自己特有的桀骜不驯和离经叛道。她从德尔贝那里学会了隐忍；当她因为父亲破产而即刻被德尔贝逐出修道院时，这种隐忍对她很有好处。德尔贝对贫穷的女孩可不感兴趣。茱莉爱特与极度悲伤的茱斯蒂娜分道扬镳了，因为茱斯蒂娜不愿意陪她去她的朋友捷足先登的那家妓院。

这家妓院是俗世的乐园，肉体的欢愉应有尽有，却没有一样免费。这是典型的萨德式特权场所；跟萨德写过的其他妓院一样，这里是罪恶的伊甸园，随时都会变成地狱。它的运营得到了警方的全力支持。在付现购买的绝对隐私下，所有性口味都得到许可，但仿佛有道防疫封锁线保护着它。萨德式乐园的付现买卖结构是这个世界的缩影，也是离开这个世界的流亡所，这里充满了幻想的自由，浪荡子富有仪式感的变态行为不再是随意破坏禁忌而是逐步支配他们的生活，就像天主教会严格的宗教仪式。特权有消极的一面。它是罪犯的自由，只与法律相对存在。特权否认普通经验。妓院有一套封闭的体系，与它模拟却否认的现实并无瓜葛。跟托儿所一样，女性统治着妓院，这两地多少有些相似；经济大权却掌握在顾客手中，他们随时可以把钱花在别处，甚至拒绝支付。因此妓女们就转向偷窃。

盗窃代表了犯人的道德观。窃贼首领杜瓦尔向姑娘们游说道:"如果你们追查财产权的源头,一定会在其中发现篡夺。"盗窃于是变成了道德命令,它是重新分配财产的手段。窃取、欺骗和诡计多端是弱者对强者的复仇、贫穷对富裕的复仇。茱莉爱特的同事鼓励她为了人类的平等而偷窃;因为机会和命运并未助兴平等,穷人只有依靠自己的才智夺取平等。

妓院也是谎言和虚假面孔的处所。茱莉爱特的初夜相继被卖给50个买家,她必须给每个顾客都扮演这样一个角色:她饥饿难耐,非卖身不可;正是她妈妈把她卖到了妓院。诸如此类,一系列拍马溜须的哑谜专为说服顾客:他们不是在与单纯的商界女性打交道,这些啜泣的女性不情愿地屈从了他们高人一等的意志,她们实际上都是清白无辜的茱斯蒂娜。

茱莉爱特把自己的肛门卖给了大主教,也结束了卖淫的学徒期。她已经培养了对肛交的高级趣味,对自己完美的肛门和它非同寻常的特别用途无比骄傲。根据她那个时代的标准,这不仅是犯罪,也是极好的避孕手段。在她的计划中,做母亲被排除在外。

如今她处女之身的最后禁地也解禁了,她已经充分准备好踏入比第一个妓院(迪韦吉耶夫人的会所)更广阔的舞台。

她遇到了一个有权势的男人努瓦瑟,一个告诉她自然如何

三 作为恐怖主义的性

把弱者变为强者奴隶的政客。她一点就通；逃离了奴隶的囹圄，她必须寻求强权。努瓦瑟说，世上所有的生灵都生于孤单，死于孤零。真正的幸福得益于培养并奉行自我主义和自私自利。茱莉爱特立刻被这个资产阶级个人主义的信条所吸引。

当努瓦瑟告诉她是他谋杀了她的父亲时，她却宣称自己爱他，并迅速以情妇的身份住进了他家，同时专门下令折磨被努瓦瑟指称为"仅是肉欲机器"的妻子。努瓦瑟也教给她贪婪的旷世乐趣。她又回到了迪韦吉耶夫人的妓院，利用闲暇赚取更多金钱，因为她越有钱就越想有更多钱。

迪韦吉耶夫人是另一个神仙教母，虽然算不上万恶不赦。她做过的最恶毒的一件事就是试图把一个染上梅毒的嫖客硬拉给茱莉爱特。当茱莉爱特断然拒绝他时，迪韦吉耶道了歉，又找来另一个妓女代替，因为这个梅毒嫖客给的钱很多，她不能撵他出去。如果茱莉爱特接受迪韦吉耶的提议，让她做自己的妈妈，她可能会过上一个老实妓女的虽非榜样倒也安宁的日子，最终拥有自己的妓院。但是茱莉爱特的雄心远大于此。

妓院充斥着表象和谎言，但这里也有我们本以为会说谎却道出了貌似谬误的真理的嘴巴，所以你可信可不信。如果妓女和窃贼提出了关于财产所有权的自由论或共产主义理论，迪韦吉耶则给出了爱情和欢悦的合理区别。她说，爱情不必与忠诚共生;她给茱莉爱特看了一间屋子,里面都是些来找非法情人的体面已婚女人。然而这里的每个女人既钟爱自己的丈夫,也被自己的丈夫所钟爱。迪韦吉耶惬意地认为这没有什么好奇怪的!爱情是基于尊敬和友爱的道德及智力热情。肉体的欢悦则是一种完全不同的体验,不该受到鄙视,因为我们从中得到那么多快乐,而它们也绝不会侵犯心灵之爱的完整性。

茱莉爱特后来用毒药报答了迪韦吉耶的忠告和珍爱。

茱莉爱特从努瓦瑟那里所得不菲。她偷窃。她把自己推销得很好。她很发达了,却因为冲撞了一个她曾经抢掠过的伯爵而被打入监狱。努瓦瑟搭救她,条件是要她找个清白的姑娘来顶替她的罪名;倒霉的人是富人的玩物。

通过做伪证,茱莉爱特坚定地步入了主人的行列。和妹妹一样,她觉得自己和其他女人没有天生的联系,为什么要认同她们?她的境遇情况与大多数女性不同,她不认为女性是一个阶级;也很难确定萨德是否也这样想。萨德常常把女人纳入普通的软弱阶级,也就是被剥削的阶层,因此他认为女性特质是超越性别的经验。女性式无能是穷人的特点,与性别无关。茱莉爱特是个例外;她用自己意志的力量成了尼采式女超人,也就是说成了一个超越了性别却没有超越其内在矛盾的人。

这次与正义发生冲突之后,茱莉爱特已经准备好去结识法

三 作为恐怖主义的性

的代表。努瓦瑟邀请她参加晚宴,同来的还有圣丰,他的活动之一就是分发任意逮捕令。另一个客人达尔贝是巴黎高等法院的大法官,他向茱莉爱特保证使她终生免受法律惩罚。圣丰让茱莉爱特饭后舔自己的屁股:"跪下面对它;想想我给你多大的荣幸让你对我的屁股献上敬意,这是全国人民,不,全世界人民都想表示的敬意!"萨德常常(如果这么说令人困惑),有时候会准确说出要表达的意思。他的人物忙于没完没了的舔屁股无非就是具象化的隐喻。

食粪癖虽是极罕见的性变异,却在萨德的性活动词典中占很大比例。茱莉爱特很快就习惯了食用大人物的粪便。在《索多玛120天》里,控制城堡的四个浪荡子总是带一两个受害者到厕所帮他们清洁肛门。这是取悦大人物的办法,用巧妙的舌头温柔地清洁他们脏污的屁股。长期这么做,就成了自然习惯;几乎留意不到粪便的味道。克服恶心的障碍靠的不是追求色欲的快感,而是醍醐灌顶的个人兴趣。

对浪荡子而言,含义又不同。他们也欣然食粪,却控制粪便的产出。在《索多玛120天》中,为掌控粪便的产出和分配,还专门建立了精心设计的官僚机构。为保证粪便的质量和口味,受害人有专门的饮食安排。圣丰也要对茱莉爱特进行同样的饮食安排,理由也一样,并教她如何保全健康,这样自己的健康才有保证。浪荡子成了名副其实的粪便鉴赏家,和那些装腔作势地对着陈年佳酿和酒香卖弄学问的所谓的品酒行家一样。

但是生产这些食物的受害人的排便活动受到严格的约束。在西林城堡中,受害人只能在一天中的某些时间排便,并且必须得到主人的许可,而主人却可以一时心血来潮拒绝。随意排便要受到严厉惩罚。

萨德这种粪便生产-消费关系的性质可以通过心理分析得到阐释。粪便是孩子的第一个礼物。他可以临时决定给或保留不给。他可以用排便引起母亲的喜悦或不安。排便表示他顺和环境,不肯排便则表示不满。他可以用粪便表示服从与否。在学会说话之前,排泄是儿童的表达方式(粪便和眼泪);在这一点上,他和城堡里的受害者一致。但是他对粪便的控制要强过他对啜泣的控制。排便是他第一次具体的生产,孩子通过它得到了最初的劳动关系经验。他有权继续自己的排泄罢工或用粪便来展开某种形式的攻击。排便功能是一种操纵机制,无法对它自由控制就是被剥夺了初次也是最基本的自主权表达。浪荡子的受害者不能在自己想要的时候排泄,他们在这方面受到了最严厉的限制。但是他们的主人可以随意在自己的粪便里翻滚,想怎么干净或怎么龌龊全凭自己高兴,可以完全行使排泄的自由。这是他们掌控局面的标志,表明他们虽是

三 作为恐怖主义的性

成年人却能自由回归孩童状态。

浪荡子们承认粪便是礼物。在《索多玛120天》中,妓女叙述人杜克洛的一个食粪主顾说:"让我吃她的礼物吧。"但这些礼物总是勒索而得。为了得到它们,它们的主人总是遭到强夺,必须按照妓院的合约生产,或是按茱莉爱特的指令行事,或是因为害怕城堡的威力。浪荡子充分篡夺了最基本的身体自由。他们垄断了他人的基本产出,又恣意掌控着身体的无意识功能。

浪荡子们的食粪激情反映了他们无所不用其极的贪欲。有恋肛癖的茱莉爱特对资本积累有着相映生辉的极度热情。对食粪癖而言,沉溺此好不仅需要特别熟练地掌握这种极度离奇的变态口味;食粪癖的口味认定肉体的功能就是纯粹的生产。即便在激情时刻,他也时刻保持清醒的经济意识,坚持认为肉体产出的废物也不得浪费,一切都要被消费。

圣丰也有食粪癖,他要求自己的粪便应得到尊重,用不菲的薪酬雇佣茱莉爱特做他的老鸨和投毒手。她在此位置上的第一个任务就是给努瓦瑟的妻子投毒。第二个任务则是给圣丰的父亲投毒。她和努瓦瑟的爱情关系具有萨德式犯罪同志关系的典型特点;与圣丰的关系则更多地建立在具有恐怖色彩的利己主义上。然而现在她有了第一个真正重要的关系,她成了美丽而可怕的德·克莱维尔夫人的朋友，这位夫人为自己从未流过一滴眼泪而骄傲。

她与德·克莱维尔夫人的关系开始并不是完全平等的，尽管茱莉爱特从不屈从于她。茱莉爱特比克莱维尔漂亮，但她不像克莱维尔那样威吓男人，这给了她很大的战略优势，尽管两个人并不敌对，因为克莱维尔是个大贵族，天生就有权势。克莱维尔无需像茱莉爱特那样需要男人来认可她的权势。然而她不太灵活，不如茱莉爱特那么有弹性。茱莉爱特是银行家的孩子，资产阶级的女儿，代表着一个上升的阶级，一个即将统治下个世纪的阶级，而克莱维尔代表的贵族支配力量则呈现式微的态势。茱莉爱特在掠夺王公贵族以及在厌烦博尔盖塞公主后除掉她时的种种从容也表明贵族不再具备政客、努瓦瑟和圣丰所施展的权势。

尽管如此，她和克莱维尔有很共同之处让她们情同姐妹。后来，她们也以姊妹相称。两个人同属激情异常的暴力放纵女，结成了恐怖同盟。正如复仇天使总是勾结王权，她们始终是君王的天使。就像茱斯蒂娜身为女性陷入生活的境遇不能自拔一样，一旦加入男人的世界，她们对这个世界的掌握便充分揭示了它的偏执和缺乏人性。她们得以摆脱女性特质的限制，而这仅限于她们自己。她们充分满足了自我，但这是缺乏

三 作为恐怖主义的性

启迪的解放,只能成为压制他者(男人和女人)的工具。萨德最残酷的教训之一就是专制与一切特权共生。我的自由使你更加不自由,如果它没有承认你的自由。

克莱维尔的可怕欲望包括谋杀,她比茱莉爱特更恨男人。她爱杀的正是男人:"当欲望的怪物占了上风,男性让我们经受种种恐惧,我爱为女性复仇。"她的美与残暴的美杜莎有得一比;狡猾的茱莉爱特惯用诱奸,而克莱维尔则惯用压制和驱使。克莱维尔的理性与机智为伍,她的无神论世界观自带狂野属性。她那阉割男人的怒火有理性的解释:她总是觉得只要看一下男人,自己就会掉价。只有男人能激起她极端的暴行。她是"忿激派"(enragée),就像法国大革命时期某些愤怒女性一样,但是她的愤怒只表现在身为女色情狂的激情上:把作为她们复仇对象的男人简化为无实质的阴茎。男人对她没有别的用途。她致力于性别大战。在卡梅里特修道院的狂欢结束时,她和茱莉爱特把每个室友都消耗到筋疲力尽,最后割下一个年轻修士勃起的漂亮阴茎,做了防腐处理就用作假阴茎了。

克莱维尔对没有人主的勃起阴茎(升华的阴茎)兴致盎然。她声称,在她死后人们解剖她时会在她的大脑里看到一根阴茎。她对此物的欲望太大,已经吞并了它,但是她无法消化,此物还保持着原状。这是萨德的女浪荡子表现出的矛盾之一:她们可以摄入男性的象征物,却无法与之融为一体。

茱莉爱特终于在淫秽方面十分丰足,生活在猥亵的丰裕之中。一次饥馑中,她发现自己无法给饥饿的人们施舍,因为她把钱都用来在自己的花园里打造带镜面墙壁的闺房,为自己的花园购置塑像,改善草坪。拒绝行善令她非常愉快;她断定,如果不行善令她如此高兴,行恶岂不是更让人开心。一旦下定决心,她迅速从被动地无端犯罪变成主动无端犯罪,克莱维尔把她纳入了一个独一无二的俱乐部——罪友联盟。

该联盟是享有最高特权的机构。它是完全沉溺于性放纵的社会模型,就像《索多玛120天》里的西林城堡和树林圣玛利亚修道院一样,它就像一个任由孩童管控的托儿所,或者是卫兵眼中的集中营。它本身就是一个世俗化的修道院;它的确就是拉伯雷的德兼美修道院的后人本主义反讽版,它的特有规则就是奉劝人们"放手去做",这自然就是该联盟的座右铭。但是拉伯雷认为无需什么规则,"因为出身良好、有教养并与诚实相亲相伴的自由人天生具有追求善行、远离罪恶的本能和冲动"。这些考虑在此却不适用。跟所有的乌托邦一样,其文学和政治的发端是柏拉图的理想国,罪友联盟与它有两点奇怪的雷同:僵化和精英主义,它是对美好社会的戏拟,依存于财富、权力和无法无天。

三 作为恐怖主义的性

　　罪友联盟的豪华指定活动场所设有闺房、版画店和刑讯室；自带厨房和计程车站，餐饮和交通都由他们自己负责。这是一个微型社会，这里的人既不从事生产劳动也不穿衣戴帽，礼仪制服就是全裸，这是全体成员精英身份的标志。就连他们的皮肤也成为等级的标志。在这里，欢愉的代价是死亡，但绝不包括任何新会员之死。这里有三个阶级：浪荡子，他们的牺牲品，他们的仆从，即厨师、管家以及不会受伤的刑讯人和护士（因为他们随时有用）。他们因为有用而不会成为受害者。然而，与柏拉图不同的是，萨德以低价允许象征性的少数几个艺术家进入这个神圣之地。这就好比是马尔库塞压抑性反升华理论的预想：如果艺术家能品味到特权带来的某些疯狂的喜悦，他们马上就会和主人们同甘共苦。如果艺术诚如萨德所定义的那样，"是恒久的对现存秩序不道德的颠覆"，那么艺术家带着那张他低三下四、急不可耐又满心感激拿到手的免费门票，一踏进统治阶级的妓院就遭到阉割去势。这也适用于茱莉爱特。

　　罪友联盟致力于无神论，任何家庭或婚姻纽带都被他们拒之门外，得不到成员的承认。一旦进入联盟会所，一切都解体了，它的特权伸入所有的性禁忌领域，行善举必遭开除。主席和所有的官员经秘密投票选出；在这个人人平等的社区，所有的浪荡子彼此间都信守平等的关系。任何男人或女人都可以被推举为主席,即使该联盟的女性成员守则明文指出女性"为男性的快感而生"。然而联盟的平等主义仅限于主人阶层。联盟连同其制度、体系、自由投票、刑讯室、对隐私之罪的承认、成员间的互相关切,都是萨德式反伊甸园中最系统、最堕落的。即便是西林城堡对待其受害者也更人道。

如今茱莉爱特的父亲来看她了,因为他其实一直没死,虽然母亲真的亡故了。他落魄了,只得藏起来。他再次出现的时候,带着所有流浪汉小说的种种出乎意料,真是一个再见女儿潸然泪下的善良男人。她三下五除二就诱奸了他,怀了他的孩子,杀了他,随后又堕掉了他的孩子;于是她通过一整套系统的仪式性的越轨摆脱了父权罩在她头上的幽灵。她吸收了他的精髓又把它排泄出去。茱斯蒂娜悲泣着听完这一切。茱莉爱特欣然接受杀父和杀婴,成功地驱逐了生命中的父亲,这也意味着她完成了某种形式的学徒期;如今她做好准备进入性教士的行伍。努瓦瑟委托她教导自己的新妻子:圣丰的女儿。但结果表明这女孩并不是天资很高的学生。她不想与茱莉爱特和克莱维尔同入超级浪荡子俱乐部。相反,她倒是愿意在性欲上为丈夫的欢愉献身,就像他的其他所有妻子那样。

如今茱莉爱特已经充分准备好结识投毒手迪朗——她采

三 作为恐怖主义的性

用正规的理性方法成了一名女巫。迪朗最大的才能正是启蒙和理性的力量，却被用于虚无主义。她引述阿基米德的话："给我一根杠杆，我能撬动整个世界。"但对她本人而言，她想要的是一种可以毒害全世界的草药。她是个生化学家，她的研究领域就是天然毒药。她的职业就是贩卖死亡。

迪朗如此熟练地掌握了世界，她可以预测未来，她预言了克莱维尔的死。在萨德所有的狠毒神仙教母里，她是最了不起、最怪异可怕、最强有力的一个。她的习惯与童话中那些坏继母、生吞婴儿的食人妖王后如出一辙，她雌雄同体，性别特征模糊。尽管她已过了产子的年龄，还是美丽异常，已准备好收养茱莉爱特为女儿。迪朗的罪行和放荡将成为她所爱之人的保护伞和乐趣。然而她刚把自己介绍给这两个女人，便魔法般地消失无踪了。

圣丰如今彻底信任茱莉爱特，他草拟了一份推翻法兰西的阴谋计划，事成之后将大获渔翁之利。他要铲平学校和济贫院，把国家卷入战争（这是所有投机买卖中最能赢利的），垄断玉米供应造成饥馑。他建议茱莉爱特来协助他。听到他的提议，她惊惧地颤抖，由于不由自主地表现出的恐惧，她大难临头了。圣丰看到了她的惊恐，决定干掉她。她的朋友努瓦瑟向她发出警告，她立即逃跑，放弃了豪宅、满是金钱的保险箱和银行账户。她的迁徙与旅行和妹妹的一样身不由己，但是她的生活没有朝圣的意义，更像一场战役，如今是一场战略性撤退。无论她身后遗落多少金钱，她永远高瞻远瞩，总是设法将自我遮掩一番，而这本身就是她的资本。

她在昂热开了一家赌场，生意火爆。很快，她就和仁慈的德·洛桑热伯爵结了婚，很快给他戴了绿帽子，又给他生了个女儿，毒死了他，继承了全部遗产，又富裕起来了。她抛弃孩子到意大利游历，以富裕的交际花自居。如今她渴望得到的是最高级的格调。她交往的是王公贵族，个个罪恶昭彰，难以名状。她出身娼妓却深藏不露，因为她总是以批判罪恶的姿态行事，仿佛一个一边采取顺从姿态一边掌握操控工具的仆从。操控、方法和系统是茱莉爱特的特点。

然而茱莉爱特酷爱象征自然的力量与冷漠的火山。在一次窥望火山口的时候，她和伙伴们（不像茱斯蒂娜，她总是不乏忠实的扈从）被食人魔巨人明斯基俘虏了。明斯基住在湖心岛的一座城堡里，一个享有特权的地方，堪比最原始的特权之地——子宫。明斯基的城堡用姑娘来做家具，椅子、桌子、边柜都用俘虏来的女人的生肉制作。他把女人简化成最后的功能，那就是"物化"成沙发、桌子和烛台。他的财富保证他可以一直这样平静地生活下去。茱莉爱特给他下了毒，带着自己的朋友

三 作为恐怖主义的性

和明斯基的珍宝逃了出来，还释放了城堡的受害者，向她们保证明斯基已经死了。这些被关押的人都欢天喜地；明斯基中毒昏睡了一觉，醒来后把她们统统杀死了。一想到这个结局，茱莉爱特和她的侍女们大笑不已。

她游历到佛罗伦萨，开了一家妓院，大富大贵。她抢掠客人，仿佛盗窃是性交的一个变种，抑或性交就是盗窃。数次谋杀之后，她又迁到了圣城罗马。

罗马对茱莉爱特而言因为两个原因非常重要。一来是她结交了另一个知己，恶毒而美丽的奥林普·德·博尔盖塞公主。如果说克莱维尔这个大脑中摄入男性象征物阴茎的厌男女野蛮而清醒，那么天鹅绒般懒洋洋的博尔盖塞纯粹是骄奢淫逸，她的罪恶源于邪恶的纵欲，而不是钢铁般的自律。她是公主，邪恶对她而言和呼吸一样自然。她像一只残酷的大猫一样贪婪欢愉，似猫的残酷也是天性里的残忍，带着懒洋洋的倦意。她追求过度的肉欲，痛苦却使她聪明睿智。她的品味偏向洛可可，过多装饰；她的淫乱派对必须有全套小动物列席，还要加上残疾人、侏儒、老年人和双性人。

她喜欢囚禁人，想把全部国人统统变为奴隶，却又想做公妓，做被奸淫的屁股、玩物和浪荡子的牺牲品，想同时奴役人又被奴役。她有典型的歇斯底里症。就像她生活的意大利一样，过于成熟而终于烂掉了。

茱莉爱特在罗马的第二个熟人是教皇本人。这个教皇和他所有的前任一样，是个放荡的无神论者。他的食粪癖便是他的叛变宣言："我崇拜粪便。"茱莉爱特参加了在圣彼得大教堂祭坛上举行的淫乱派对，这地方同时就变成了特权和亵渎神圣的地方。而更有甚者，还在西斯廷教堂举办了杀人狂欢；在萨德看来，这些都是最适合犯罪的神圣之地。抢了教皇一大笔钱之后，茱莉爱特开始在那不勒斯滋生事端。但是她又一次在途中被抓。第二次被抓，她还是很幸运。黑帮头目布里萨泰斯塔把她带到了自己位于山上并有护城河的城堡中，与他同居的姐姐看见茱莉爱特发出一声惊叫，于是这个俘虏不用酷刑伺候了，因为布里萨泰斯塔的乱伦之妻正是克莱维尔。这两个女人紧紧拥抱。机缘巧合的是，下一个被抓进城堡的旅人是茱莉爱特的新朋友博尔盖塞，她也获救并受到了款待。

布里萨泰斯塔接着讲述自己的生平故事。这很有趣，因为它全面叙述了萨德式教育。在父亲及其情妇即他们的家庭教师手下，他和克莱维尔深深陷入了放荡的生活。他们的母亲被逼无奈才参加了他们的解剖课；有一次，布里萨泰斯塔咬掉了她的奶头，最后又在父亲的命令下谋杀了她。接着，他起了贪念要夺取家产，转念之间他杀了父亲，开始四处闯荡，欧洲、荷

三　作为恐怖主义的性

兰、瑞典，最后是俄国，一路上作奸犯科，越来越富也越来越坏。在俄国，他结识了凯瑟琳大帝，一个萨德式邪恶暴君，全俄国的梅萨利纳①，并成了她的情人。但是当他搞砸了毒害沙皇长子之事后，她把他发配到西伯利亚。他逃到了土耳其，并最终得以和亲爱的姐姐团聚；为了他，她离弃了巴黎，他们如今在山中要塞里全身心投入家庭生活、打劫和狂欢消遣。真正的理性思想的结合，他们是萨德式伴侣的典范。

但是克莱维尔对茱莉爱特的爱战胜了她对弟弟的爱。这三个女人决定以姐妹的身份一起旅行，她们到了那不勒斯，在那里勾结国王和王后，利用巧妙的机械发明大肆羞辱和折磨她们的受害人，从事穷凶极恶的犯罪。她的激情如今只有不断提升的技术才能满足，肉体本身已经不够用了。

两个女人很快厌倦了博尔盖塞，把她投进了维苏威火山口；然后她们离开了那不勒斯，走前构陷费迪南德王后偷窃，设法带走了国王半数的财宝。但是克莱维尔的时日不多了。这倒不是因为茱莉爱特越来越厌烦她；她们之间的纽带很强大，厌烦不足以侵蚀它。但是水晶球算命人迪朗预言克莱维尔死期将至，她们又和她见面了，地点是安科纳，以教堂庙宇著称。

---

① 罗马皇帝克劳狄一世的第三个妻子，以淫乱和阴险出名。现指代淫荡阴险的女人。

被深爱茱莉爱特的烈火冲昏头脑的迪朗蛊惑茱莉爱特毒死了克莱维尔，茱莉爱特承认自己也爱着迪朗。这两个女人立下互信、互爱和互相尽责的条约，并约定此后绝不违背。

她们两人缔结的婚姻合约形式很有趣。两个都是带有杀人女魔头气质的人；她们甚至没有许诺绝不互相残杀，然而，如果她们真的这样约定，也就意味着缺乏信任。迪朗虽然有无穷的知识和能力，却对茱莉爱特百依百顺；她情到深处却只向茱莉爱特提出这样的恳请：她，迪朗，永远都是茱莉爱特心灵的情人，至于肉体，她可以随心所欲。在理性和情感的双重重击下，茱莉爱特发誓要接受她的请求。她们还精心安排了共同的财产和旅行计划。她们的第一次历险是与一群海员狂欢，还卖了不少毒药给他们；在这两个女人手中，爱神与死神并无战争，反倒勾搭成奸。她们的第二次共同旅行是一场有利可图的抢劫。然后她们去了威尼斯，在那里联手开了一家妓院和毒药房，迪朗一直扮作茱莉爱特的妈妈。

在威尼斯，迪朗经历了独特却可能会丧命的虚弱时刻。共和国的代表请她在全城散播瘟疫，犯罪规模之大令她震惊，因此她没有答应。话一出口，她就知道自己迷失了。她警告茱莉爱特逃跑，而她则以自己特有的魔法般的速度义无反顾地消失了。茱莉爱特以为迪朗被谋害了，她再次把大量财富抛在身

三 作为恐怖主义的性

后。由于此时圣丰已经死去,她又回到了法国,受到了努瓦瑟的欢迎,再次在巴黎站稳了脚跟。她丢弃在那里的金钱又回到了她的手中,她的旅行告一段落,又可以居家过日子了。她派人从昂热找回自己幼小的女儿;此时正是孩子开始受教育的时间,她已经7岁了。她们来到了努瓦瑟幽静的乡间别墅里开始了她的教育。

努瓦瑟宣称他希望沉溺于离奇的幻想之爱:

> 我要同一天结婚两次而不是一次。早上十点钟,我要扮成女人同男人结婚;中午,穿上男人装,我要和一个女同性恋者扮成的新娘结婚……我还要找个女性也照我这么做,除了茱莉爱特,还有哪个女性能加入这个游戏?你穿上女装,必须和一个着男装的女人在我着女装成为男人妻的同一个仪式上结合。接下来,身着男装,你要和另一个着女人装束的女人结合,与此同时我走向祭坛与一个扮作女人的娈童神圣地结合。

他的亲生女儿要和茱莉爱特结婚,而茱莉爱特则身着男装;努瓦瑟要和一个儿子结合,然后再和自己的一个女儿结合。仪式举行了。然后是杀戮所有的孩子;这些无后的结合无法生育,只能杀婴。

这是性别无政府主义者的谜中谜,这是对婚姻粗鄙而滑稽的模仿,这是对性别相对突变的演示,其极致是狂女暴怒的孩童杀戮,也标志着茱莉爱特把自己最后的一点女性特征残杀殆尽;无论从心理还是情感上来讲,这都是她生涯的顶点。尽管故事经历这特殊的一幕后讲述又继续了几页,她本人却已过巅峰,成为那种放浪形骸的女犯,灼燎自己阉割后的伤口,并成为纯粹权力的源泉。茱斯蒂娜的生活是一次朝圣;茱莉爱特的生活则是一场终极胜利的战斗,因为它征服了所有的可恶、恐惧、迷信、偏见,最终也征服了人性。

在她把自己的女儿投入火中的那一刻,她彻底摆脱了曾经徘徊不去的人类反应的痕迹,这些反应只能从这样一群他者那里习得,他们不是共犯,也绝非证明自我无所不能的自我部分。她终于获得了浪荡子才能体会到的寂寞的自由,这也是罪犯的自由,只为自身而存在的同义反复状态,在一般的人类生活语境中已毫无意义。萨德的反讽表明唯有制定法律的人才能继承这种自由:在刽子手统治的国家里,只有刽子手能逃脱对犯罪的惩罚。

茱莉爱特生活在刽子手统治的国家里。这个刽子手就是神、君王和律法;刽子手代表了一种不公正的父权制度,这不仅

三 作为恐怖主义的性

是因为它专门压迫女性,还因为它本身就是压迫性的,它把权力赋予唯一的统治阶级。茱莉爱特在这个国度生存并显达起来,因为她与刽子手臭味相投。

这场非同小可的盛装变性游戏的始作俑者是努瓦瑟,不是茱莉爱特。他精心省略了某些真有可能暗示性别混乱的安排,例如扮演男人的茱莉爱特应该与扮演女人的他结婚;他一刻也不允许茱莉爱特对他行使这种特有的阶级统治权,哪怕在假想里也不可以。茱莉爱特虽然反叛、凌驾于人,但她还是维系于努瓦瑟的存在,他是她的保护伞。她离不开他的许可;她一切行动都依照他的指令,她最终的去女性化的行为也是因他而起,并得到了他的许可。

接下来,她和努瓦瑟还要继续为非作歹;他们往一口井里投毒,把毁灭散布全省。他们是同道中人,他们为自己传播死亡的强大力量欣喜不已。与刽子手同流合污,茱莉爱特也变成了刽子手。

她的自传到此为止。然后叙述转向第三人称,旨在用客观的视角报道另一个版本的茱斯蒂娜之死。茱斯蒂娜这一次的死状依然令人发指。

外面风雨肆虐。人们把注意力转向茱莉爱特哭泣的妹妹;她被卷进了暴风骤雨里,瞬间一团雷电就击入她的口中,而后便在她的阴道里爆炸。她死了。茱莉爱特和她的伙伴大笑着观看雷电如何摧毁了她，又对着她的尸体嘲笑虐恋。一阵贞洁不得好报的说辞之后，他们把她弃于雨中回到了屋里。大自然竟然滑稽地模拟生产行为杀死了茱斯蒂娜。

一辆马车抵达了豪宅，简直就是奇迹，车上下来的是迪朗，她不仅毫发无损，还带来了茱莉爱特丢弃在威尼斯的全部所得。她是通过向共和国投诚，让全城染上瘟疫保命的；她强忍不甘，还请求把茱莉爱特的资金当作给她的额外酬劳。这两个女人拥抱在一起，财富、友情和满怀激情的依恋都使她们欣喜。

现在好消息从四面八方纷至沓来。凡尔赛宫来了个朝臣，努瓦瑟当上了首相，他和友人们分享自己的好运，慷慨地布施金钱和职位。最后是一场奢华盛宴和狂欢。他们回到巴黎，统治法国。

茱莉爱特将继续自己辉煌的生涯；直到如日中天的时刻，她将突然死去，如流星般陡然熄灭。

Ⅱ. 女神之死

茱斯蒂娜是神圣的处女，而茱莉爱特是渎神的妓女。如果茱莉爱特比她的妹妹在贩售关于女性的观念的假想妓院里有

三 作为恐怖主义的性

显然更少的思想继承者,那么这也进一步表明我们无论男女都多么热衷于女性无辜受罪的思想。茱莉爱特从未假装无辜。相反,她以自己的罪恶为荣,尤其是因为这些罪行从未给她带来惩罚,她的脱罪仿佛表明她的受害者活该由于自己的愚蠢而落入她的魔爪。由于她擅长权力政治,她比茱斯蒂娜更像一个真实的女人。她只给形象产业留下了一个如今已过时的模型——荡妇。她的那些化身,无论是斯特恩小姐、多洛雷斯小姐还是佩因女士,都是角色扮演。斯特恩小姐要早于茱莉爱特,而身为专门的性幻想对象,她不折不扣地一直和我们在一起。

另外,除却她那唬人的鞭笞装置、毒药和暗示男人无用的撕裂阴道的假阴茎,茱莉爱特代表了自足和自助的传统美德,即我们英国人所说的"为自己打算"。她是自由企业各种益处的活广告,而她在商业上的成功(她的赌场、妓院和药房都红红火火,她的投资无不盈利)都是自由市场经济各种好处的范例。她不仅示范了自助的好处,也示范了互助的益处。尽管她依靠自己,倘若不是朋友们给她投资建议,保护她不受法律制裁,在必要的时候警告她,又哪里有她茱莉爱特的活头?毕竟,难道不是每个企业家一生迟早都有那么一天,为了减少损失逃往瑞士,用匿名的银行账号来保全自己吗?

她的讽喻功能显而易见。犯罪的猖獗取决于腥牙血爪的市场的财税道德。茱莉爱特的所有交易，无论财务或性，都是犯罪。她剥削所有人，无人能逃脱。她的剥削方法都是老套路。如果说茱斯蒂娜的形象衍生出若干代神秘受罪的金发女郎，那么后来董事会会议室里满是魅力四射的性感女高管这样不太庄严的场景，则得益于茱莉爱特的形象。

茱莉爱特是现世的、世俗的，主要机遇就是她的暂时妥协。她的性事不是为了钱财就是为了取乐；她蔑视爱的行业，这一行使她难堪。当我想到茱莉爱特，试图想象她出现在20世纪晚期伦敦或纽约的饭店或夜总会是什么样子，当我试图把她置于跨国公司那高耸的企业殿堂中的红色皮革桌后，想象她愠怒地跟她的股票经纪人通电话，又或者更加令人印象深刻的是，正在面试某位秘书，或男或女，用禽兽市场的老农般精明的眼光打量着申请人，我看到她的形象太像国际女郎，强硬、精明、珠光宝气、华而不实。这个人在玩中取胜，精明老练。她的女性特质其实是保护私利的一部分铠甲。

茱莉爱特的形象不像她的妹妹那般能引发诗意的共鸣，这是因为她的后继者只继承了很少一点俗世的权力。她是象征性女人的化身。努瓦瑟告诉她其中的来龙去脉："……智力、天赋、财富和影响力能把某些天生的弱者提升到更高的阶级；一

三　作为恐怖主义的性

旦这些个别人物进入强者的阶层，他们必将获得强者的权力。然后专权、压迫、免受法律制裁和随意违法犯罪等特权都任由他们使用。"

然而茱莉爱特也不仅如此。模仿茱斯蒂娜的所有受难姐妹都缺乏她们先辈最独特的品质，很容易湮没在一众受害者中。命运如雨点一般击打着茱斯蒂娜，因为她极其一心一意。她的专注使她成为那个虐待她的命运的反抗者；她甚至就是在反抗人性本身，抑或说她是在反抗人性就是不可救药地堕落这一观点。跟所有的革命者一样，茱斯蒂娜会说："即便如此，那么也不该如此。"她虽然太懦弱胆怯，却从未偏离自己软弱孤单的立场，始终坚信男性和女性不必如此邪恶。想象茱莉爱特到了 20 世纪在家给公司的客户打电话寻找应召女郎的情景，这其实是有意地忽视了这两个姑娘共同的奇特家庭特征：一意孤行。

茱莉爱特的一意孤行表现在她的破坏性。她工作狂的雷厉风行掩盖了她真实的毁灭力；她对系统、组织和大权在握的热情掩盖了她天生的破坏力以及唯恐天下不乱和追求大混乱的本性。这两姊妹存在着复杂的辩证关系；一个人的经历辉映着另一个。无辜的茱斯蒂娜被她认为公正的法律所制裁；罪恶昭彰的茱莉爱特破坏法律赖以维系的根基——公义，却因此收获丰盈。

如果茱莉爱特冷酷无情地对待债权人、客户和那些愚蠢地从她那里寻求慈善的人，她也会无情地对待自己。她玷污一切，包括她自己。在生活和自我提升的事业中，她克服了所有的障碍：恐惧、廉耻和内疚。她是残酷失度的化身，是支配一切的自带毁灭种子的绝对权力意志的化身，毕竟很遗憾，这个世界上并不存在绝对之物。《茱斯蒂娜》是一段由无神论者创作的心灵的朝圣之旅；《茱莉爱特》是另一个版本的《浮士德》，作者是一个认为有男人便无需创造撒旦的男人。

茱莉爱特、德尔贝、克莱维尔、博尔盖塞、那不勒斯的夏洛特和布里萨泰斯塔的叙述中不符合历史事实的凯瑟琳大帝都是非同凡响的女性，以至于她们很容易被当作男扮女装。玛丽·沃斯通克拉夫特[①]说过，她曾"被灌输那少数几个偏离女性被规定的性别方向以至于太过乖张的女性其实都是男性精怪，却被阴差阳错地禁闭在女性的躯体里"。这些恶魔般的妓女经常用"妓女"和"鸡奸者"亲密地互称，她们身上的男子气概表明了与男子相似的胃口；但是因为男性的贪婪胃口不过是社会的杜撰，她们的贪得无厌恰恰是其女性特质的标志。克莱维尔憎

[①] 玛丽·沃斯通克拉夫特（Mary Wollstonecraft，1759—1797），英国作家、哲学家，倡导女性权利。

三 作为恐怖主义的性

恶男性,她一个人就能使卡梅里特修道院所有住客的阴茎尽显颓势,因为这种贪求本身就具备阉割去势的特点。男性精尽势退;克莱维尔和男人性交,夺走他们的男性气势,而后再回到女性情人永不枯竭的臂弯里。

对这些女性而言,真阴茎和人造阴茎可以互换。两者都是用来取乐的,真假阴茎依附的身体不过是产生刺激的机械装置。茱莉爱特的世界就是机械的,即使她和她的朋友们是看管机器的人而不是机器本身,尽管她们用机械术语来定义自己的快感:有多少摩擦力,就有多少神经震动。她们接受了生物学的技术性解决办法,确保茱莉爱特本身就是表明生物学并非命运的鲜活证据,因为生物学很容易遭到修正。

然而从技术上来讲,茱莉爱特比她的妹妹更加女性化,因为她生了孩子。茱斯蒂娜无法怀孕,这表明她的处子贞洁无法摧毁,她也从未考虑过自己的生殖功能。相反,茱莉爱特却孕育生机。她那个时代的避孕术,把海绵塞入阴道,栓剂,避免阴道性交,都融入了她的个人卫生。如果她还是不幸怀上了,还有接生婆的长针和各种含有杜松子的混合药剂。她堕过一个生不逢时的胎儿,却接受了能保证她继承洛桑热伯爵遗产的胎儿,尽管她后来还是抛弃并杀死了自己的女儿。茱莉爱特的母性中具有玩忽职守和杀婴等严重不足,导致她是不合格的

萨德式女人

母亲。

她承认自己易孕，又不肯怀孕，这既改变了爱的行为的形式，也改变了它的内容；同理，她不肯做母亲也改变了她已经生育了孩子这一事实。肛交在那个时期的法国是死罪，它意味着不能繁殖；因此，茱莉爱特对肛交的热情是对自己生殖器官的颠覆性使用。她很高兴在追求快感的同时可以忽略它们，除了肉体的快感，她还得到了反抗上帝的道德快感。每当她把自己的后部交给一个新的苟合者，她也干下了悖逆神圣的勾当。

亵渎神圣是这些萨德式女人的基本特点。女修道院院长德尔贝喜欢在地下室的棺材上性交。在卡梅里特小教堂里，茱莉爱特和克莱维尔先把圣饼和红酒弄到十字架的基座上，然后在上面解手，彻底又独创地亵渎神灵。在罗马，教皇布拉西用一块顶在阴茎尖上的圣饼鸡奸了茱莉爱特。茱莉爱特在梵蒂冈达成了一份凤愿：她亵渎了罗马教廷的至高圣所，并极尽藐视、暴力和狂怒地参与了鸡奸圣主。她是教堂里那个消灭神圣、亵渎神灵的小游击队队员。

她把性用作传播恐怖的器具；它造成的结果多半是死亡，而不是新生。她就像使用手榴弹一样用性来挑逗男男女女，到头来它总是当着他们的面就炸开了。她是地位高贵的女性象征；在享受这个阶层提供的所有消遣的同时，她一直积极对其

三 作为恐怖主义的性

展开破坏活动。她和教皇纵情淫乐,后来又打劫了他。她攻击自己的朋友博尔盖塞,又把她扔进了火山口。事情稍有转机,她就不把亲爱的克莱维尔的死当回事了。而且,她自始至终都掌控着自己的身体,她选择了不育,因为她选择了用性作为恐吓的生活方式。

茱莉爱特虽已生产却不能改变她不育的事实,这是因为她虽然好似顺从规则,却颠覆了家长式和世袭式的体制,不肯给予它自己的使用价值:子宫和乳汁。

天生不育的女人和故意不育的女人有着天壤之别。一个想要孩子却无法生育的女人会觉得自己如丧亲般悲痛和不完整,是大自然装配线上一个不合格的产品,觉得自己只是这个世界的过客,因为她认为生育是自己天性的一部分,却偏偏不具备生育的条件。虽然绞尽脑汁,她还是想不出女人除了生育还能有什么用处。如果她无法生育,那么她该怎么办?她或许会认为生育是她与生俱来的权利,这个理论上的女性身份象征给予了她一种假想的优越于男性的身份。毕竟,男性虽然可以给人类传宗接代,却无法靠自身养育后代。这种女性优越理论在所有的慰藉性假想中最害人,而且女性不可置之不理,虽然与所有体现生物优越性的假想原型一样,它也起源于脱离了时间和场合的空幻之境。这种理论让那些心悦诚服赞同它的女人自愿将自己从历史性的世界中放逐出去,在这个世界上,时间分分钟接入历史,生命中的任何事件和场合都不是孤立的存在,而是由一张各种情景交织的网络所决定,一切行动都会带来影响,我生育与否由我的食物、我初潮的年龄、我的体液和我的决策而定,而不取决于任何良性的魔法。

由于女性是生命的渠道,作为神秘母亲的女性与生命保持着一段距离。用生育定义自己的女性别无选择。因此认为自己被剥夺了生育权的女性其实遭受了三重剥夺:孩子、身为母亲的价值和她作为自主主体的自我。

但是一个选择不育的女性感觉不到这重重的褫夺。尽管如此,她不是男性代理人,绝对不是。她的一切的一切,她的乳房、她的阴道、她的内脏都体现了完美的女性,从美学的角度来说,或许比那些生育过的女性更完美。但是这些东西的重要性彻底改变了。

我们生活在一个这些重要的改变受到很多争议的时代。避孕技术和安全的流产术使得我们这个时代的女性可以比历史上其他任何时期的女性都更可能选择活跃的性交和不育。这一现象在那些自18世纪晚期和工业革命发生后女性的社会地位受到争议的工业化国家尤为明显。确实,避孕的引入在过去的两个多世纪中是女性地位变化的一部分,但是这一切思考

三 作为恐怖主义的性

都没有降低女性身体和生儿育女的事实这两者之间的分离带来的心灵冲击。本来,女性身体不必非要用来生育是不言自明的,可是几千年来的残余影响给女性的身体裹上了一层几乎无法穿透的神秘和流俗,使它几乎脱离了生活或生理的真相。过去几千年中,这一事实根本就不是那么不言自明,而是不断地被强制性怀孕所掩盖。

想想子宫,这个被埃里克·埃里克森(Erik Erikson)称为"内在的生产空间"的所在,可穿越的肉体里那个可延展的国度,可谓所有神秘之境中最具潜力的矩阵。这个伟大而美好的所在,是让胎儿从母体的血肉中获得成长的未来之所;那无法想象的大海是它的象征,类似的还有洞穴,那些黑暗和幽静的所在,也是创世和启示发生的地方。男人对它既期待又恐惧;子宫这个舒服灵活的器官连接了过去和未来,是可以用来象征恒久的永恒现在时的地点,而将恒久这个概念本身视觉化总是困难重重。假想的胚胎的睡梦时间似乎是我们能够达到的尽善尽美。

对男性而言,性交就是与这处最有特权的地方进行神秘的交流。就是在这里,胎儿时的他缱绻连连却不甚了了,获得了滋养、保护,母亲的心跳诱他入睡,无需劳作,休憩的状态堪与尸体相比,只是对胎儿来说,他还有可以期待的未来。对子宫和它的主人而言，子宫和坟墓之间奇怪的相似性根本在于人类对待子宫及其所有者的一切矛盾心理。我们通过想象和梦境来调节我们的经验；但是梦境有时会妨碍经验，甚至彻底掩盖它。子宫是起点也是终点，是大地——所有母亲中最伟大的一个，我们来于斯、逝于斯。除非我们出于卫生的考虑，用火结果自己的肉体。然而火这个意象来自另外一个不同于西欧文化的宗教结构，人们很难与之产生认同。火葬场要超越缺乏想象力的焚烧尸体功能并与墓地一样神圣庄严，这可能需要很长时间。

子宫是大地，也是万物的墓地。它温暖、湿润、黑暗、内向、隐秘、禁闭，是我们那未知的经验迷宫在肉体上的核心。奇怪的是，对男性和女性而言，子宫的意义没有不同。胎儿可男可女，甚至有时候两者都有；然而人们以为只有男性才会对这个体毛丰富的入口处满怀神圣的恐惧。只有男性才有返回此处的特权，即便只是部分地回归，间或地回归，回到这个肉体的绝境；这也是为什么他们比我们更善于抓住永恒和抽象的概念。

他们当然是为自我索求。但是他们并不想要真正的子宫，毕竟子宫总是乱糟糟的，很难搞定。子宫是富有想象力的所在，存在于富有想象力的国度，远远超越了我的腹部、我的肉

三 作为恐怖主义的性

体、我的房屋、这座城市、整个社会,超越了这里的经济结构,它坐落于一个通灵的超生理地带,这更加表明子宫空前重要,以至于我们蹩脚的理性解剖工具还没有开展工作便在它的广博面前变得迟钝。这一内在的空间一定在任何外域出现之前便已存在;亘古之初便是子宫,它的周期性和险象环生的流血是诸多表明子宫有着我们未知的属于自己的生命的迹象。这里是最神圣的所在,女性因为子宫而变得神圣。如果茱斯蒂娜想到了这一点她就会懂得,为什么女性会遭到如此虐待,因为神圣无法被亵渎。

萨德创造的茱莉爱特重重地否定了这令人迷醉的抽象美化;这本身就是抽象的修辞,外加几千年来对这个世界的天性的臆测和幻想。子宫的真相就是,它和其他器官一样,用处比阑尾多些,比结肠少些,可是如果你不想用它实现它唯一的功能——生孩子,那么它也就没什么用处。在它的全盛期,它还会发生功能紊乱,让人生病,引起疼痛和不便。通过一个虚构的女性来申明这个基本的事实包含了一整套消除神秘和否定幻化的过程,这一过程远不止去神秘化,还包括把女性从神坛上带回世俗之中。

否定子宫那些道德沦丧的魅力就是从女性的形象中消除很多骗人的魔力,把我们打回原形,恢复到那个简单的血肉之躯。我们的期待早已脱离了生物的必然性，足以逼我们放弃神圣生育功能具有欺骗性的女祭司地位。我们或许会感觉遗憾，或许会感觉解脱。去除神秘化的过程也延伸到女性的生物图形学。

乳房一直只是乳房，也必须被当作乳房来面对，而不是女神借以对自己的忠实信众君临天下般使用元语言进行自我吹捧的阳台。它们不再是一般性的引起巴普洛夫式需求的爱与饥渴的密会地，而是某个具体的女人的具体的乳房。人们务必不要再把它们归纳为任何乳房。一旦进行归纳，我们就失去了那个拥有它们的女人。它们或许可以使男人和女人想起自己母亲的乳房，但它们也是某个具体的女性的泌乳腺体，而这个女人的具体性本身就寄寓着它们的重要性。不知为何，腹部的其他女性器官，如卵巢和输卵管，从未像子宫一样被过多地赋予各种奇怪的寓意，虽然生儿育女照样离不开它们。所有这些器官都一样，一旦发生有意的、自由选择的绝育情况，它们的重要性和人体其他除掉后人也可以存活的器官一样。

女神死了。

同对女神的虚构一起死掉的，还有永恒的观点，而这个观点在现世的寓所就是子宫。如果女神已死，永恒便无处藏身；我们回家的最后寓所也就化为乌有了。我们必须直面死亡，仿

三 作为恐怖主义的性

佛前所未有的第一次。

我们无法摆脱时间。我们必须学会在这个世界上生存,足够严肃地对待生活,因为这是我们唯一知晓的世界。

我想这也是为什么那么多人认为女性解放的观点很吓人。因为它意味着人类最终的还俗。20世纪60年代初期有一个老笑话,从天堂回到地球的宇航员这样描述上帝:"这可能有点令人震惊,但她的确是黑人。"这是把超验之物至少提升到那个层面的最后一次令人作呕的尝试,即使上帝因为她的性别和种族遭受了双重贬低。女神的死带走了最后一块超自然的残片。带着对阿波利奈尔的歉意,我认为我并不想让茱莉爱特革新我的世界;但是一旦她的破坏工作完成,随着她的死亡,她将去除阻挠大量革新的压迫与独裁的超级制度。对茱莉爱特而言,她虽然代表了世俗却也服务着女神,即便是表现出她恶魔品质的女神,即女神的对立面。

Ⅲ. 崇拜男性生殖器的母亲

迪朗年近五十,她已经过了更年期,空余一具躯体和理智。她无法繁殖,有心也无力。遭遇同样境况的还有《索多玛120天》中在西林城堡经历了大屠杀后得以幸存的四个杰出妓女,

萨德式女人

这些女人智力惊人,性欲肆虐,处处都跟茱莉爱特及其朋友们棋逢对手。这几个女人都早已过了生育年龄,生儿育女也从未成为她们生活中的要素。尚维尔夫人、马尔泰纳夫人、杜克洛夫人和德格朗热夫人这几个妓女都喜欢使用肛门这个中性孔口性交;尤其是尚维尔夫人,她对这一处用得游刃有余。抛开原罪和避孕,肛门性交对萨德而言有一种平等主义的吸引力。如果性关系在萨德看来隐喻着政治关系,平等的人之间的性行为,就算有先后顺序,也是一种互相支配。女性和男性依次插入和被插入,性别可以交换,就像结束了茱莉爱特职业生涯的那次伪装性派对一样。同性恋者德·布雷萨克告诉茱斯蒂娜他是多么享受为了性爱变成女人,《闺房哲学》中的性爱导师多尔芒斯喜欢把自己的肛门当作阴道。正如查拉图斯特拉推荐的那样,女浪荡子光顾时从未忘记自己的鞭子,但是她们也从不留下自己的假阴茎。

《索多玛 120 天》中的四个妓女在很多方面比雇佣她们的浪荡子更具男子气概。迪尔塞这个银行家生着退化的乳头和软软的屁股,是一个异常模棱两可的人物。而尚维尔夫人长有一个可以勃起三英寸长的阴蒂,足以媲美迪尔塞勃起后的阴茎。这个灵活的阴蒂-精液-阴茎与城堡中的某些男性奴的阴茎形成了讽刺性的对照,因为尺寸问题,这些人的阴茎根本无

三 作为恐怖主义的性

法插入阴道，因此沦为毫无意义的附属器官，是令人生厌到超出自身目的的阳刚之气的标志。

勃起的阴蒂是萨德式女同性恋的特征，她们使人想起某些非洲族群的女性，她们人为地拉长小阴唇和阴蒂，直到它们貌似阴茎。茱莉爱特接受教育的女修道院里住着一个叫沃尔玛的女子，她生有长达3英寸的阴蒂，这使她可以插入其他女性的阴道或肛门。因为贪婪的性欲，她要么是色情狂，要么是鸡奸者，不然就不再性交。只要行使萨德式性交权，她不管做什么都是在公然违背大自然。

迪朗是所有阴阳人的女王，是"那个时代最不同寻常的浪荡子"。她帅气十足，生有超靓的乳房、巨大的阴蒂，而且阴道阻塞，这使得她终生无法开展正统的两性性交，通往她子宫的路被堵死了。

尽管她无法造人，但她可以造尸。茱莉爱特说道："她从口袋里掏出一只盒子，把其中的粉状物撒到墓地上，瞬间地上到处都是尸体。"这些魔术表演表明迪朗开始逼近相夫教子反神话的奇怪之处。虽然没有生育功能，她却绝对掌握了物质世界。她用母亲的身份换来了支配地位。她告诉茱莉爱特："大自然听从我的命令，因为她永远服从那些揭露其秘密的人。"她是科学家，正是科学方法的规训把她带到了这样的高度。

如果她能获得一种可以起作用的有毒植物，她就有能力消灭整个地球；她是生态危机的化身。她可以散播瘟疫，给井水投毒，屠杀牲口，消灭村庄，用致命的瘟疫传染整个威尼斯共和国。她发明了全套毒药药典，如果她从这些药品的销售中获得了可观的利润，她的研究动机也含有憎恨人类的冲动。她对茱莉爱特承认，她想毁灭一切。

在她的房屋里，背景装饰富丽堂皇，一如当时芭蕾舞剧的布景，富裕的人借助巴洛克式机械设备为祭神而宰杀穷人。她是生与死的舞者。虽然她借助科学手段制造了恐怖的奇迹，她的身上却带着戏剧性的黑魔法气质。她的实验室和花园中的那些有毒植物是中世纪炼丹家和女巫医的配置。她用诅咒配方召唤来仙女和精灵。她占卜预测，跟那些传达神谕和预言的女人的古老行当一样。16 世纪让·泰诺（Jean Thenaud）所著的《论法术》（*Traité de la Cabale*）以命运女神的外形复制了一个母亲形象，但是迪朗的风格多半来自 18 世纪晚期的通灵术。她既是神妙的难解之谜也是流行魔道。

茱莉爱特在巴黎和她一见钟情。但是茱莉爱特再次来迪朗家时发现这里窗户紧闭，空空如也。她绞尽脑汁也不知这位女魔法师到底怎么了，她在魔法中彻底不见了，后来神秘地现身于意大利。即便被判处死刑，迪朗最后还是奇迹般地复活，

三　作为恐怖主义的性

并赶来在茱莉爱特的好运巅峰为她庆贺。她现身和遁形的本领大大超过了流浪汉小说的慷慨限度,因此尽管她可以调动科学知识,尽管她为茱莉爱特和克莱维尔召唤的神最后证明不过是一只凡人的阴茎,她的形象还是很微妙地混同于超自然。

她把科学当作魔法来对待。她利用自己的发现来满足私欲和获取利益,就像马洛剧中的浮士德博士运用以自己的灵魂换来的魔力所做的那样。她利用违禁的知识创造了一个服务业。

然而越是仔细揣摩这个模棱两可、令人生畏的女人,她就变得越发不真实,反倒更像是利用她的肖像特征重塑了一个女神的形象。迪朗变得越来越像母亲不假,但她不是那个成人充满感性的记忆中保护孩子的母亲形象,反而更像婴童时期那个万能的妈妈,她可以随心所欲地爱或不爱、哺或不哺自己的孩子;一个残忍的母亲,像女巨人般硕大,惩罚是她的拿手好戏,还是一个准能把你弄哭的妈妈。

但是迪朗这个终极的恐怖形象不仅不育也无法靠近,她或许是无法经由子宫的前厅进入的。因此她也是不能满足的女人。

大自然武断地使她的内在无法被触及的同时,她极美的双乳产生的乳汁仿佛也变成了毒药。对迪朗双乳的含混认定使人想到布鲁诺·贝特尔海姆(Bruno Bettelheim)描写的小男孩们的幻想——他们觉得女性可以吮吸自己。贝特尔海姆说这些男孩就是嫉妒乳房能泌乳；他们把乳房看作力量和威力的源泉。

这威力也是危险的。迪朗就像某个版本的恐怖母亲，印度教女神时母，既代表生也代表死，不仅代表毁灭，也代表大自然对痛苦残忍的漠视。克莱维尔和茱莉爱特在迪朗的教唆下就像时母的檀陀罗信徒一样，在坟地举行性交仪式。时母会在分离的头颅上舞蹈，用断肢杂耍，佩戴骷髅项链，还和尸体交媾；她的阴户会淌出毒蛇。

迪朗和时母一样有害，她的大手笔毁灭杰作就是瘟疫。

在迪朗身上，启蒙时代重返纯粹的神话时代。理智超越自身，终于抵达了它的对立面。残酷实施的科学指令使世界回归混沌。迪朗这个理性的生化学家就是理智最为惧怕的神秘恐惧本尊。

但是她对茱莉爱特的母性热情使我们确信她的双栖性并未贯穿始终，尽管她的破坏力无边无际，她还是不会用那些毒药和魔法来摧毁我们，因为她爱我们。如果迪朗那可穿透的阴道（返回予人慰藉的子宫之路）不可接近，那是因为它的内里翻了出来，成了茱莉爱特一见便吮吸的阴蒂，就像奶头

三 作为恐怖主义的性

一样。

迪朗是像男子般不育的母亲,她选择自己的孩子也诱奸他们。她是长着阴茎的母亲,甚至可以强奸大自然。死去的女神借着她的对立面复活了,但是她既不珍爱也不滋养,而是缺席并且让孩子们挨饿。或者说她只是钟爱其中的几个孩子,对其他孩子不管不顾。

但是茱莉爱特得到了迪朗的诺言:这个母亲对她会不离不弃。与茱斯蒂娜不同的是,茱莉爱特不是这个世界的孤儿。她与混沌的发端密切相连,因此她不受其伤害直到重归混沌。

四 爱的学校
女俄狄浦斯的教育

小女孩的好斗冲动在丰富性和暴力程度上简直完美无缺。

——西格蒙德·弗洛伊德《精神分析新论·女性气质》

Ⅰ. 母亲和女儿

《闺房哲学》不属于流浪汉史诗小说,它是戏剧性插曲,比长篇小说规模小很多,风格上也不是那么杂乱和反复。这部作品的手法私密而居家,其中的背景——闺房如画家华多和弗拉戈纳尔①作品中那样优雅而文明。除了园丁,所有人物都与萨德同属一个阶级。作品的氛围与拉克洛的《危险关系》一样充满优雅的堕落。如果在室外,他们站在平等宫的台阶上出售宣传册,其实在享有特权的闺房里,这些上流社会的名媛绅士还在恣意享乐。

在《闺房哲学》的结尾,一个名叫欧金妮·德·米斯蒂瓦尔

---

① Jean-Antoine Watteau(1684—1721),Jean Honore Fragonard(1732—1806),均为法国洛可可风格的重要画家。

的年轻女孩令人发指地强奸了自己的母亲。尽管施暴过程充满了猥亵的享受，这一丑恶的暴行却主要是由报复而不是情欲引起的。这个叫欧金妮的女孩强奸自己的母亲，原因在于这个女人试图剥夺她的性经验。由于不允许别人为享乐而从事性活动，这个女人必然会遭遇发泄在她身上作为报复的性行为，这是对她对抗享乐之罪最合适的惩罚方式。

但是欧金妮远不止简单地强奸了母亲。她先行强奸，然后用针线缝合了母亲生殖器的开口，仿佛只有先消灭母亲的性征，她本人才能获得自由。似乎在某种意义上，她母亲的性征威胁到了她自己的性征。母亲希望欧金妮表现得就像自己的性征被封锁了一样，于是欧金妮就缝合了母亲的生殖器，因此也消除了敌对的可能，这是母亲希望女儿抑制性冲动唯一可能的理由。

俄狄浦斯王的罪过是与母亲乱伦，又杀死了亲生父亲。他发现自己的所作所为后，弄瞎了双眼，也就是经历了象征性的阉割。欧金妮与俄狄浦斯不同的是，她明知自己在犯罪。她的罪行也是追求知识的顶点。她出于报复强奸了母亲，发现自己就是女性版的俄狄浦斯，但是她并没有蒙蔽自己，而是获得了新知，于是出于怨恨和愤怒，她缝合了生产自己的器官，这样就可以保证她的母亲不会与任何人交媾。

四 爱的学校

《闺房哲学》详细地叙述了一个萨德式女主人公受到的情欲教育。故事情节的基础就是欧金妮与母亲的关系以及她最终模棱两可地战胜了主要由生殖功能所体现的女性原则。在女儿尝试入学期间，母亲愤怒地冲进伤风败俗的学院，即爱的学校，试图拯救女儿，禁止她获得性经验，结果母亲遭到了强奸、传染病和缝合阴道的惩罚。

叙事由7个戏剧性的系列对话组成，开始是15岁的欧金妮来到浪荡子父亲的情人德·圣安格夫人的闺房，急不可耐地要学习。她本不清白，已经和圣安格有过同性性行为。但是她见识不足，所以来找这个年长妇人求教，这件事父亲知情，却违背了母亲的意愿。圣安格打算不遗余力地"使她堕落，消灭他们（她母亲的朋友们）灌输给她的全部错误的道德观念"。

撩人的圣安格是个26岁的寡妇，她把自己的兄弟舍瓦利耶·德·米尔韦尔和纵欲的多尔芒斯都雇来和她一起教育欧金妮。多尔芒斯是舍瓦利耶的情人，他出于鸡奸圣安格的目的接受了她的邀请。他绝不以自然的孔道接近女人。他将主持圣安格的小学院，这门课将包括理论和实践两部分。圣安格想让自己的兄弟从欧金妮的阴道夺去她的童贞，又叫多尔芒斯从肛门奸污她。令欧金妮高兴的是，失去童贞的过程如期开展了。

萨德式女人

圣安格和愤世嫉俗的多尔芒斯都具有萨德式浪荡子贪恋肉欲的特征。舍瓦利耶虽然也有成熟的性经验，却一直觉得他们的淫乱特权有失公平，而且奇怪的是，他虽然将不满宣之于口，却也没有因此受到惩罚，不过也没人听他的。正是他把政治学引入了教学课程。但他们聚会的主要目的是，剥去欧金妮全部的社会性美德，还原她本来的罪恶天性。她的教育本着倒退的目的，而不是为了成熟。

欧金妮上了一节解剖课，课上用圣安格的身体做黑板，讲解的是阴蒂的功能，并说女人全部的感受力都藏在这里。多尔芒斯的阴茎和睾丸也展示给她看，又教她如何为他手淫。但是性交生理学占据了极少时间。繁复冗长的性狂欢，如军事工程般精准，如钟表般准时，中间插入各种关乎家庭、婚姻、避孕、流产、卖淫、残忍和爱情的哲学说道。阳刚帅气的园丁也参加了几次他们的性交活动，但是当舍瓦利耶大声宣读政治宣传册《继续努力吧，法国人，要是你想成为共和国公民》的时候，他就被谨慎地请出了屋子。这个政治宣传册约占全书的三分之一到二分之一。1848年革命期间，乌托邦的追随者圣西门从整本色情书中摘录出这个宣传册后将其重新出版。

全册表达了共和派和无神论的观点，为某种社会规划了蓝图：该社会的法律"如此温和、如此有限，因此各色人等都能轻

四 爱的学校

松遵守"。在这个社会中,妇女被一视同仁,男人也是一样:

> 如果我们承认……所有的女人都要服从我们的欲望,我们真的也必须允许她们充分满足自己的欲望……迷人的女性,你将获得自由,就像男性那样,你将享受大自然赋予你的职责一般的快乐,毫无保留地享受。人类更加神圣的一半人口非要被另一半戴上锁链吗?啊,打破这些束缚;这是大自然的旨意。除了你的趣味,其他一概不能限制你;除了自己的欲望,其他规则一概抛开;撇开一切道德的束缚,遵从天性本身。野蛮的偏见可以扼杀你的魅力,禁锢你内心神圣的冲动,你不要再因为它们憔悴;你和我们一样自由,为了维纳斯而战的事业有你也有我。

萨德并不关心假想的共和国中资本投资或经济组织等问题,这些都不是他关注的领域。他要锻造一个自由意志主义的两性关系,所有的浪荡子都愿意听从他。欧金妮的教育就要加入这一课。如果不能让她拥有宣传册试图描绘的自由,那她也将进入一个合格的自由世界,获得当时的条件可以提供的最大自由。这种合格的自由如果不经过某种启动过程就不可达到。几乎是一进闺房,她就带来了完成这一启动过程必须牺牲的那个人的线索。

> 欧金妮:……多年来,我一直想让这个每天都出现在我眼前的可恶的人去死。
>
> 圣安格:我想我能猜出那是谁。
>
> 欧金妮:你想是谁?
>
> 圣安格:你妈妈?
>
> 欧金妮:哎吆,快让我把臊红的脸藏到你的胸前!

欧金妮的导师们把理性的科学应用到对这种憎恶的讨论中。由于合理性本身也是相对的,他们所参考的科学其实就是错误的。圣安格认为,由于"胚胎纯粹因男性的精子而产生",温柔的孝心自然就完全属于父亲一人,这就是当时通行的科学理论。精原论或精源论倒退回埃斯库罗斯的旧说,认为在怀孕的过程中精子的作用要远远大于卵子:血亲是雄性,母亲不过是"播种在她身体里的小生命的护工"。如此贬低女性的实际生物学地位,只能说明早在某些科学理论形成之前,偏见就已在这方面大肆歪曲,萨德的厌母说大厦就建构在这一错误的生物学假想的基础上。

四　爱的学校

> 多尔芒斯：父亲的死我仍无法释怀，可从前失去母亲的时候，我燃起熊熊的篝火来欢庆……我们仅从父亲的骨血中产生，对母亲什么也不亏欠，她们不过就是配合了父亲迫切要求她们做的动作而已。所以，是父亲的欲望决定了我们的出生，母亲不过表示了认可。

萨德说母亲偶然的创造性行为乏善可陈，因为大自然的设计中不必包含丰产。大自然不强求生殖，只是对生殖表示容忍；圣安格要求欧金妮无论如何都要设法避孕。然而一旦胎儿在一个女人的体内形成，唯有她可以掌控。现在她可以根据自己的意愿自由选择如何处理它。"我们总是子宫中那个物件的情妇"，圣安格说，她不能害怕堕胎，想堕就堕。（企图流产和杀婴行为当时在法国都是死罪。）

除了胎儿要在母体内成熟这一点，萨德满足于抹杀生母活动的一切意义。由于他彻底割裂了性行为和繁殖，也就完全忽视了生母的任何价值。道德方面的为母之道，如照看和教育孩子，则是完全不同的事情，应该交给那些擅长的人；另外，如果他关于性自由的愿景在共和国中付诸实践，合法性就不再与法律有关，核心家庭也将式微。而且，人们必须考虑孩子，他们的存在是母亲在这个世界上唯一可以倚重的东西。孩子的存在对母亲必不可少,而两者中孩子的选择甚至比母亲更少。在这个强迫性的、不由自主的关系中,母亲和孩子又如何不成为天敌？尤其是当女儿得知自己的母亲怀上自己是因为被动地应允了父亲,而用弗洛伊德的理论来解释就是她意识到自己的母亲相当于被阉割了的时候。

于是,就让欧金妮野蛮地为自己的母亲装上她缺失的阴茎,用这不可能使她怀孕的机械器具嘲弄母亲那毫无必要的富饶,欧金妮还用可以撕裂阴道的假阴茎强奸母亲:"来呀,亲爱的妈妈,来,让我像个丈夫那样待你。"欧金妮通过模仿自己的父亲采用了侵略性的性行为,她用受到的训练快速而彻底地抛却了女性的被动状态,表现出幼稚的胜利。

在她把多尔芒斯给她的假阴茎用在妈妈身上的时候,多尔芒斯从肛门和她交媾,欧金妮呼喊道:"我来了,我今天失去了童贞、乱伦、通奸、鸡奸,一下子就都占全了！"亵渎和逆天,性行为上的不轨和家庭伦理上的不轨,这就是成为完整的性别意义上的人的萨德式过渡仪式。欧金妮反应中的暴力多少表明她遭受了何等程度的压抑,这也是典型的萨德式黑色幽默。

然后这些放荡的人便开始消除米斯蒂瓦尔夫人长久保持的假贞洁,他们把梅毒注入她的阴道和直肠,逼她染上这种天道正义专门用来惩治纵欲者的恶疾,尽管她一向洁身自好。最

四 爱的学校

后,欧金妮抓来针线,把她的阴道和肛门缝了个结结实实。而后,为了完成这场标准的羞辱,我们会向她保证我们已经得到她的丈夫亦即我们的父亲对我们所犯下的丑行的完全首肯,并用谩骂和痛击把她逐出我们的卧室,这间无拘无束享受性爱的卧房,这处不分善恶的反式伊甸园以及相反的两极共存的国度。

> 多尔芒斯:希望这个例子让你懂得你的女儿大了,她可以想做什么就做什么,你要明白她要性交,她生来就是要性交的,要是你自己不想性交,至少不要插手女儿的事。

但是在母亲离开之前,她必须恳求女儿的谅解,自己不该压迫她。欧金妮狂躁的忤逆行径牺牲了母亲性生活的可能性,换得了自己的性解放,她压倒性地战胜了自己的母亲。

欧金妮和母亲的关系极端夸张且酷似情节剧。的确,母亲和女儿之间的反感通过色情表现出来,反映了女性也保留了早期与母体的爱欲关系,只是从母亲与儿子的角度,这层关系得到了更充分的研究和记录。的确,《闺房哲学》在很多方面都领先于弗洛伊德的女性研究著述,应当放在与弗洛伊德作品相同的西欧语境下加以审视,它们都是通过戏剧化的性生活来表现女性之间的竞争和敌对，都贬低女性。但是萨德重点解释的并非事实本身，而是幻想和象征性性交。他对母女冲突的看法可以这样阐释：母亲因自己日益衰老又渐渐被移出性交的竞技场而意欲压制日渐长大的女儿的性欲。母亲把女儿视作自己年轻时的鲜活记忆，既是直接的对手又痛心地提醒着自己日益丧失的青春。但女儿并不把母亲视作衰老的对手，而是成熟的女人和长久把持父亲的女子，而父亲就是她最当前、最直接的那个欲望对象。母亲不仅是女儿的敌手，作为父亲的妻子，她的地位更是坚不可摧，于是在性欲方面母亲和女儿的关系势不两立，因为母亲把性行为看作繁殖的同义语，并视其为圣母也就是她本人才可以沉溺于其中的行为。圣安格作为教母对欧金妮采取了另一种母性的角色，迪朗也是如此对待茉莉爱特。但是萨德作品中真正的母亲做不到这些，因为她是为繁殖而性交的神龛。她本身既然体现了对性享乐的抑制，又如何能不去压抑女儿的性欲？

母亲本身就是否定性放纵的具体象征，因为她的性欲原本只为繁殖。她是被长久侵犯的被动法则，她自己虽已接受体内的胎儿，自主权却遭到它的充分破坏。她那不假思索便可繁殖的能力本是自己的骄傲，可因为自己无从选择，也就无法成为自身特有的美德。女儿只有毁灭母亲才能实现自主，可母亲代表了自身的繁殖功能,既是自己的生身母亲,也是她体内潜在的母亲。

如果女儿是母亲的嘲讽记忆("如我一般,是曾经的你"),那么母亲也是对女儿的惊人警告("如我一般,是未来的你")。母亲设法确保自己的压制可以延续,也继续对年轻女性的道德观保持虚伪的忧虑。换言之,她用所谓的性福做掩护,其实是想把女儿拖入和自己处境相同的经验性被动状态,毕竟社会习俗以此为荣,社会禁忌却不置可否。

报复。越轨。光荣!欧金妮·德·米斯蒂瓦尔叫母亲亲吻自己的屁股。她要掌握自主权就必须破除各种禁忌,她要娶母亲做自己的妻子,还要象征性地杀死她,这样的冲突只存在于女人之间。父亲尽管一再被提及,却没有在这邪恶的庆典中出现,这与他在每个孩子的基本经验中一直缺席的道理是一样的,无论出生、哺乳、第一次上床休息、第一次餐桌前就餐,都没有父亲出现。欧金妮和她的伙伴们——她的玩伴们,与她的第一个爱人及第一个诱骗者单独相处,他们会因为她的背叛对她实施相应的报复。

婴儿是雌雄兼具的多性综合体。既然是多性合一,它出于需要首先爱上的是喂食它爱抚它的那一个,这期间,父亲是唯一竞争妈妈关爱的麻烦对手。弗洛伊德认为女性与母亲的关系有规律地构建了她与父亲的关系。他认为,成年女性如果特别依恋自己的父亲,通常都是把自己最初对母亲特别强烈的爱恋彻底转移到了父亲身上。最初的爱恋必定是原欲,并会经过幼稚性欲的口腔、虐恋、阴茎这几个阶段,本质上它是暧昧的,后期转化为爱恋,继而变成敌对。性幻想包括使母亲怀孕或者被母亲致孕,母亲和女儿互为彼此的镜像。

弗洛伊德的分析认为,父亲在哺乳期以有阴茎的男性角色介入女儿和母亲的关系。在心理层面,他的出现标志着母亲作为诱奸者和爱人的身份结束,因为父亲前面生有不可取代的阴茎,就像官杖,或者指挥家的指挥棒,或用来分斩的利剑。弗洛伊德在他的《精神分析新论》(*New Introductory Lectures on Psychoanalysis*)的女性气质论中推断,"与母亲的分离带着敌意,对母亲的依恋以仇恨终结"。早期的爱情无法满足孩子的热望;转向父亲的女孩期待得到他有而她没有的东西——阴茎,这是孩子的替代品,也是繁衍孩子的物件,这个武器象征着权威和权力,也将穿透这世界的遮蔽。弗洛伊德对这个过程的叙述具有非凡的诗意,无论它多么站不住脚,仍因为记录了历史上某个时间点可能的进步而意义重大,它的文化意义甚至可以和《旧约》中夏娃之罪的神话类比,虽然其影响不如后者深远。

欧金妮后来遵从了弗洛伊德的情节，仿佛她就是他的一个病人。她寻求男性的帮助，即便她的代母圣安格赋予了她充分的进攻力，也有力地诱奸了她。然而多尔芒斯这个暧昧的男教师，这个喜欢玩弄女性却有意避开阴道的提瑞西阿斯，往欧金妮的手中塞了一个假肢，一只假阴茎，并建议她首先拙劣地满足性侵的欲望，这样就可以一了百了地驱除所有的欲望。于是欧金妮就对她亲爱的母亲"扮演起了丈夫"的角色，对着这个自己血肉之躯的镜像干起了主导和占有的勾当。

在任何像萨德这样否定繁殖意义的性欲论中，阉割就是社会规范。如果像欧金妮这样典型的弗洛伊德式女孩经受着典型的弗洛伊德式因阴茎而起的嫉妒，那么最好的补偿就是拿来一个和阴茎一般无二的机械装置。当《茱莉爱特》一书中的克莱维尔用干尸阴茎手淫时，阴茎就变成了物品，游离于人类语境。它不再象征男性，而是"维纳斯的权杖""爱欲的必要中介"，任何人都可以选择使用，无论男女。

欧金妮强奸了母亲，米斯蒂瓦尔夫人昏厥了，欧金妮不想让她死去，因为她早已设计了自己的夏季行头，要是穿了丧服就必须舍弃所有漂亮的连衣裙，那得多扫兴！她的导师们也吓了一跳，她熟谙铁石心肠的技术，在这一点上她已超越了自己的师傅。而后多尔芒斯用新荆条制作的鞭子把这个女人抽醒，他的同伴此时呈现了轻快的色情场面并按照精心设计的节奏一起达到了性高潮。每个演员都对这个被征服的母亲进行了宣判,欧金妮爱得最深也最坏,想把沾有硫黄的鞭子扎入她的体内,然后放火。多尔芒斯这位头脑最清醒的人却有更好的办法,他引进了梅毒,要把他体内的毒素注入米斯蒂瓦尔的阴道和肛门,"结果如下:只要这种恶疾的症状持续,这个妓女就会牢记当欧金妮想性交时,不要再给自己的女儿添堵"。

每个人都赞成这个方案,于是立即执行,同时大家也卖力地互相抽打,接着圣安格这个代母或后妈建议欧金妮把自己的母亲缝合起来,防止传染物流出。

欧金妮:好极了!快!快!快!拿针线来!……把大腿分开,妈妈,这样我就可以把你缝起来了。这样你就不会再给我生弟弟妹妹了。

当弟弟妹妹的到来让孩子彻底失望的时候,孩子就不再爱自己的母亲了。欧金妮此时的狂乱是多重主题同时强力作祟的结果,最浅表的是嫉妒和复仇。母亲必须受到惩罚,她的被动激发他人采取行动;她太骄傲,必须羞辱她;必须强奸她,暴力性地还她一只她本人没有的阴茎;必须让她染上梅毒,以此嘲弄她的贞操;必须让她无法生殖,因为她把自己的生育力吹上了天。

必须把这一切的罪恶行径发泄到她那不甘却无助顺从的躯体上,原因是她无法容纳自己的孩子(也是她永远无法回应的求爱者)对母亲的躯体提出的对无法满足的绝对之爱的要求。因此母亲离开了爱的学校,那个带她回家的骑士收到警告要他别碰她,因为她患了梅毒。她终于知道自己的女儿大了,想做什么就可以做什么。她原来徒劳地试图限制性交,这简直糟透了,因为换来的是极度暴力的反应,彻底毁了她自己。

也许母亲真的明白了,但是还没有明白到让萨德允许她留下来共享欢乐。

萨德在第一版的前言部分呐喊道:"母亲们,让你们的女儿读读这本书!"[①]在第二版中,他却改变了调子。他动摇了,警告说:"母亲们,别让你们的女儿读这本书!"[②]但也许这里不过是个印刷错误;第二版印刷的时候,萨德已经被关押在莎朗东精神病院,无法负责校对了。但是,prescribe(规定)和proscribe(禁止)这两个词的元音换来换去。到底要怎么做?怎么做?

---

① 英文版原文为"Mothers, prescribe this book to your daughters"。
② 英文版原文为"Mothers, proscribe this book to your daughters"。

他承认母女的彻底对立，但到底是母亲还是女儿该明白这对抗的性质和范围？谁该从教训中受益？还是双方都该受益？

欧金妮的性欲促使她向女性的孔道开火，这其实也暗指她对自身生物功能的攻击。但这是袭击、强奸，而不是性欲带来的狂喜，她从未打算诱奸，虽然在强奸母亲的时候引起了母亲强烈的性亢奋。她用巨大的假阴茎把母亲打开纯属取乐。"我相信，亲爱的妈妈，你就要高潮了……多尔芒斯，瞧瞧她的眼睛！她高潮了，肯定的！"此时，米斯蒂瓦尔夫人决定失去感知，以此禁止自己思考当时的处境。换言之，萨德被自己指定这些创造者表演的这出心理剧的明显结果吓坏了，他只好决定禁止她做出反应。这令他恐惧不已。米斯蒂瓦尔夫人于是连对自己反应的责任也不得不推卸掉。她只好像做贼一样悄悄体验性欲。

无论米斯蒂瓦尔夫人还是欧金妮，多尔芒斯还是圣安格，尤其是连萨德本人都不忍直面她获得了性高潮的含义。"她高潮了，肯定的！"但这只是欧金妮邪恶的嘲讽，母亲永远都不可以让自己达到性高潮，也不可以让自己苏醒。她不可以在被侮辱之后获得性快感，获得解放，她永远被禁锢在自己肉体的碉堡中，是一个睡美人，其存在的过失是绝对和永恒的。要是允许她从发泄在她身上的奸污中经历哪怕片刻的欢愉都会彻底

四 爱的学校

推翻整个计划,而这些奸污却会让圣安格或她的女儿无比享受。

罪恶与美德是能动和被动,也是邪恶和美好,因此都是个人可以顺应的状态。因此,在萨德设计的世界模型中人人天生都是要么邪恶,要么美好,欧金妮来到圣安格的闺房时已经变质,茱莉爱特在德尔本学院注册时也已堕落。萨德的摩尼教二元论认为世界坏到不可救赎,罪恶必定永远繁荣,而美德注定绝望,我们目前的处境毫无希望。"如治下民众一般温和"的共和国律法与圣安格撩人的闺房一样都是幻想之物。萨德的远见完全没有超越性,但是倘若他允许自己违反最后的禁忌,允许可怜的被虐奸的米斯蒂瓦尔夫人体验快感,那么支撑他远见的条件就会被打乱,超越也会悄然而至,他甚至可能还要给希望留出余地。

存在将不再是孤立的自身,它可能将在道德意义上而非性欲意义上转换模式。否定了被玷污的可能,萨德也就否定了重生的可能性。

通过美德获得救赎的可能性意味着相应的通过罪行堕落的可能性。

但是米斯蒂瓦尔夫人就算起初真的感到巨大阴茎带来了令人晕厥的快感,最终还是晕了过去,避免有意识地体验其中的快感。她们只是为了把她缝起来才把她从晕厥中弄醒，而后就给她注射了梅毒。如今她坚不可摧了，她甚至都不可能与快感同在，这简直比让她死了还高明。

现在我们才开始了解所有的萨德色情的核心佯谬，其实全都根植于他对自己性欲的矛盾认识。

萨德对真假阴茎的思考动摇不定。他让我们务必要将之配给我们的女儿们，但他终究还是拿不准它是否像《理想国》（在那里，女性是"共同的快感源泉"）中描写的那样纯粹是一种享乐工具，还是单纯用以训诫的武器，正如欧金妮、克莱维尔和他的男性浪荡子们所采用的那样。

他本人一直都想要一只，他想要妈妈的阴茎，结果发现她没有可以给他的。如果弗洛伊德是对的——男孩儿定期给这个世界上的所有东西都安装上自己拥有的那个器官，那么发现自己的母亲缺个阴茎之后的震惊和悲伤一定痛彻心扉。母亲也是他最亲爱的人和他的镜像，就像母亲对女童的意义一样。

他希望得到母亲假想的阴茎却发现自己自欺欺人，她有的是个黑洞洞的隐秘所在，那里令他害怕，他只能草草把它缝合，免得自己被它吞噬。但是这个堵不住的洞口的存在使得他对自己的武装永远不足，他想要个大点儿的、再大点儿的阴茎，就只好在他保存假阴茎的箱子里翻腾，这只箱子就像圣安格在自己的闺房里保存的那只装满了各种型号的假阴茎的箱子一样，他想找一只大到足以安慰自己对阉割的恐惧的假阴茎，一只大小足以装到自己的男主人公和女主人公身上的假阴茎。

但是他找来武装自己的阴茎越大，阴茎陷入的深渊也就越深，为了强奸母亲，他要找到世界上最巨大的阴茎，可就这样也不能满足她。她还是死不了，她还是到不了高潮。当解剖课结束了，反人类课结束了，政治课结束了，愤怒课和恐怖课结束了，我们还是要把她送到她丈夫和我们的父亲那边，她属于那里。

又回家了，又回家了，尽快回家。

因此母亲是这个世界永远的流亡者，她的流放地是上了锁的腐烂的肉体城堡。我们不能尽情地享受她，我们总会精疲力竭。"完了……没了……哎，为什么虚弱总是取代似火的激情？"浪荡子欲壑难填却无法缓解，因为他永远无法接近爱情的对象。现状一开始被欧金妮的犯规打破，最后又得到了恢复，母亲没有获得肉体的快感，欧金妮破坏并毁掉了她所无法占有的，驱逐了初恋的幽灵，终于可以自由地活在世上。

她这么做，没有获得父亲的许可吗？

又回家了，又回家了，快点儿，我亲爱的妈妈，回到为你备好午后教导的丈夫身边。

欧金妮的犯规是有授权的,这是她的父亲为她注册的爱的学校的毕业培训。她的母亲在放荡的父亲亲自发出授权母亲殉难的信件后不久,抱着为女儿除名的目的来到了学院。当他们扒光她的衣服,他们发现她的丈夫刚刚狠狠鞭笞了她一顿。他们想把她怎么样就怎么样,父亲亲口说的。这里的闺房是犯罪的庙堂,也是得到上帝默许可以享用知识树上善恶果的伊甸园。

因此,最终对母亲的侵犯充其量就是表演和演出,演示并创造了欧金妮的自主权及其局限,因为她的自由要受到看护所之外、镜子之外那个不露面的权威的管辖,那个权威就是父亲,他无所不知、洞悉一切,除了绝对自由之外几乎默许一切。

闺房就是一个庇护所,可以在这里安全地进行各种合成自由的危险实验。欧金妮没有在实验中把自己置于真正的险境,在刚获得独立的情况下,她也没有因为憧憬可能带来危险的行动而把同伴们置于真正的险境。她只暴击了自身的一部分,即自己的繁殖功能,这是她牺牲得起的部分。对抗母亲的禁忌能且只能触犯一次,那就是欧金妮用假阴茎强奸自己的母亲。

假如米斯蒂瓦尔夫人达到了性高潮,那么所有的防波堤就会一下子决口,大混乱和无边的暗夜马上就会降临,快感将会战胜痛苦,激发情欲的压制也就失去了存在的必要。世界也就多了一种可能：禁忌的概念毫无意义，色情也必将消逝。萨德这个按照监狱模式创造自由的囚犯也必将失业，他只能和任何路人一样害怕自由，所以他制造了她的晕厥。

让她晕厥是因为他只能把自由想象为对立中的存在，即由暴政所决定的自由。因此，就在他即将获得关于母女关系本质的惊人发现之时，在他对最晦暗的精神领域进行开拓性探索的高潮时刻，他偃旗息鼓地选择了安全原则。他没有完成自由机器的构建，取而代之的是一种自慰器具。他几乎就要完成革命性的色情突破，最终却还是缺乏勇气。

于是他倒退，成了一个单纯的色情文学作家。

况且这个老家伙总是在禁闭中，即便出了大牢还是幽闭在自己的变态中。他的变态表现为对痛苦的非正常迷恋，就像为自己建的一个魔法阵，他躲在里面，以避开自己的思想可能会迫使他面对的可怕的自由。如果"艺术是对现有秩序永恒的、不道德的颠覆"，那么为什么至今都没有让米斯蒂瓦尔夫人屈从于包围着她的种种情欲？生殖器仇恨的对象就不能变成生殖器爱恋的对象吗？这种想法为什么让他感到如此不安？

反母禁忌被打破了，却必须马上令人恐惧地恢复，猥亵下流和亵渎侵犯都不能充分实现其中隐含的颠覆。我们到底是叫我们的女儿们看还是不看这本书？萨德为此犹豫不决。

父亲必须知晓并授权一切，不然欧金妮就会真的占有自主权，也就是避开多尔芒斯的阴茎，把他永远变成他所渴望的在英俊孔武的骑士胯下张开身体的状态，实打实地亲自掌控阴茎，萨德、多尔芒斯本人和她的父亲都向她保证她已经做到了。

学院的规则准许她为了获取性交自主权而野蛮侵犯自己的母亲，为了获得生存自主权而攻击父亲或他的替代者却违背了学院的规矩。欧金妮的性欲利己主义必须受到她所加入的小组的制裁和监督，必须受他们监督的控制，不然就会威胁到学校自身的规则。

在神、君王、律法统治的世界中，萨德式女人只能颠覆自己受社会制约的角色。她绝不会颠覆社会，除了偶尔在个人意识中充当一回纳粹党突击队员。她留守在本阶级开创的特权领域内，就像萨德留守在自己那个时代的哲学框架中一样。

尽管如此，萨德还是表达了一种不受性别限制的俄狄浦斯式恋母冲突。欧金妮在表现出多种精神病症状的恍惚中犯下了俄狄浦斯之罪，不但与自己的母亲交媾，而且实质性地谋害了她。在这令人困惑的梦境中，母亲成为至关重要的原始对象，集双亲的特征于一体，就像具有阴茎且无生育力的母亲迪朗一样。

尽管父亲派信使送出了自己的指令，在这个剧情中，他却始终缺席,因为他其实根本就不存在。

Ⅱ. 克莱因式附录:自由、厌世和乳房

在婴儿与母亲最初的关系中,生与死的本能斗争和随后由破坏性冲动造成的对自我和对象的毁灭威胁是最根本的要素。这是因为他的欲望意味着乳房及母亲应当消除这些毁灭性的冲动和迫害焦虑之痛。

——梅勒妮·克莱因《嫉妒与感激》

欧金妮的犯罪是一个报复善念、报复母亲的身体这个原始的"美好"对象的典型。用梅勒妮·克莱因的分析方法来讲,"美好的乳房"是一切营养之源的原型;萨德的浪荡子们兴奋地鞭笞的乳房,他们带着嘲弄的欢乐用来擦拭自己屁股的乳房,是弗洛伊德所谓的"爱与饿的交汇之所",是一个移动标志,标志着存在以及对最基本的人类需求的满足。母亲的身体是伟大美好的所在,是人间天堂的具体体现。在克莱因看来,这些幻想丰富了我们从子宫出来后遇到的第一件东西,即原始对象,而子宫却是我们曾经生活过但不自知的那个伟大美好的所在,对原始对象的经验变成我们信任、希望和相信善的存在的

基础。

萨德/欧金妮亵渎了原始对象,因为他们认为希望、信任和善都是骗人的幻觉。

"嫉妒使婴幼儿很难构筑美好的对象,因为他觉得令他沮丧的乳房始终为他保留着他被剥夺的满足感",梅勒妮·克莱因如是说,这种嫉妒可以表现为对母体的暴力攻击。嫉妒、妒忌和贪婪是儿童早期的缺点。如果嫉妒仅关涉主体与另一人的关系,想从那个人那里抢夺心仪的东西,或者,要是抢不过来,至少要损坏它,让谁也别想得到好处,那么嫉妒暗含了更多人的关系,至少涉及两个人。嫉妒和贪婪是我们最初经历的消极情绪,我们嫉妒乳房的丰足,贪婪地希望能够吸干它。妒忌表明某种程度的成熟,我们认识到第三方的存在。体验妒忌标志着孩子和母亲之间的唯我关系终止,社会人阶段开始。

我们妒忌是因为我们觉得可以获得的爱有定数,而它可能悉数被别人得到。欧金妮把妈妈缝合起来,这样她就不能再生弟弟妹妹了,米斯蒂瓦尔夫人必须经历这一苦难才能打消有对手要来挤兑欧金妮以获取对自己的关心并掠食她唯一的口粮这一恶念。但是米斯蒂瓦尔夫人已经属于欧金妮自己的父亲,她身上带着他财产的印记——他把她的屁股打得跟波纹绸一般,就是为了表示他使用她肉体的权力有多么绝对,以及因为那不可克服的分离,她的肉体对他的影响有多深。欧金妮对母亲的狂怒与父亲在根源上没有不同。萨德寓言中父女的放浪形骸发端于贪婪、嫉妒和妒忌,源于对生殖器官无助的愤怒:它们把我们带到这个痛苦的世界上,唯有感官的享受才能缓解每日的生之恐惧。在《闺房哲学》的序言中,萨德写道:"人的此生原是不顾本意地生于斯世,只有把所有都奉献给肉体的享乐,才可能在生命的荆棘上成功地播撒几株玫瑰。"

因此萨德不仅对母亲充满怨言,因为她可以随意断绝给他的爱和口粮,他更是难以忍受生殖的事实本身。在短篇小说《欧金妮·德·弗朗瓦尔》中,弗朗瓦尔认为他的女儿无权结婚生子,他的妻子责问他:"那么你以为人类就应该死绝啦?"他答道:"为什么不呢?只产出毒物的星球毁灭得越快越好。"

萨德式的浪荡子无法原谅母亲,不是因为她的母亲身份,而是因为她的所作所为:稀里糊涂、无缘无故地把生命强加给他。他只好在一个形而上的层面开启矛盾重重的生活;他的一生都在跟一个不可逆转的境况进行激烈的抗争,因为虽然终止生命很容易,却不可能抹杀出生这个事实。个人无法把自己从历史上消除,尽管萨德曾经尝试过。他在遗嘱中说要把他埋葬在沟渠中,"这个沟渠,一旦埋好,上面应当撒满橡果,这里就能再次绿化,又会被树林密密覆盖,我坟墓的痕迹就会从地表消失,因为我相信对我的记忆将从所有人的头脑中淡出"。

如此的狂怒和绝望具有英雄般的浩然之气,然而在他的作品中,萨德始终摇摆不定。为了不让母体危险的繁殖力流出并传染到世上,欧金妮缝合了自己的母亲,但是她没有也不敢切除孕育孩子的子宫。让我们把多产的女性隔离起来,让她不能在性交的圈子里流通,这样她就无法让堕落的人类无休止地延续他们的苦难。但是我们不会做得那么绝,不能让她彻底绝育,因为萨德仍在与他痛恨的当局串通一气。

五　思索的尾声
肉体的功能

……在人类文化发展的过程中,性欲始终是弱点。

——西格蒙德·弗洛伊德《性学三论》

  德语 fleisch(肉)一词令我不寒而栗。在英语中,我们可以清楚地辨析 flesh 和 meat:前者指的是活的肉,通常指人;后者指的是死的、动不了的、动物的或用来吃的肉。如果把英国国教圣餐礼祈祷词中的 flesh 换成 meat——"Take, eat, this is my meat which was given for you ..."(拿去吃吧,这是我赐给你们的肉……)圣餐中的献祭就变成了比人低级而不是高级的东西。英语中的 flesh 带有全套与人相关的内涵,人子的躯体不可以丑化成动物的肉,那会带来不和谐的歧义。然而,正因为是人,人肉的意义也是含糊不清的;我们被告诫要避开世俗、肉体(flesh)和魔鬼。肉体的欢乐就是放纵淫欲,我们会受到干扰,无法追求更高的精神层面的东西;肉体的欢愉低俗粗浅,甚至还带有些许的野蛮,尽管肉体拥有鲜桃般华美多汁的色彩是因为 flesh(肉)和 skin(皮)合起来便是感官享受。

  但是,倘若 flesh 和 skin 合起来便是感官享受,那么 flesh

去掉 skin 就是 meat（动物的肉）。skin 就变成粗糙的外壳和脆皮，肉体欢愉的乐园就变成了屠夫的肉店或理发师斯维尼·陶德的厨房。我的肉体遭遇了你对动物肉的喜爱，这对我更加不利了。

　　动物肉带来的屠夫般的欢乐是什么？这不是感官的感受而是深层的分析。对解剖发生了科学性好奇之后的满足。把鲜活的、活动的、生动的东西一步步精准地弄死而享有的一种临床快感。目睹屠杀的景象，心知肚明自己与此毫无瓜葛的观瞻的快感；屠宰场上的看客眼见活生生的肉体变成了死肉，却知道自己不会被屠刀宰杀时的血腥刺激。还有那种技术性的雕刻快感或期待吃肉、消化死肉后再转化成肉体的快感。

　　肉体生有特别的孔道，可容纳插入的阴茎，但是动物肉与利刃的关系更随机，只需胡乱一戳。萨德探讨了对死肉进行非人性交的种种可能；要是以为他的演员们是由肉这种物质构成的，这可是错误的，那些人既没有生命又没有色欲。萨德是个了不起的清教徒，他会消除自己笔下一切事物所包含的感官享受，因此他从屠宰和死肉的角度描写性交。

　　对受害者进行的谋害攻击表明了罪行当事人之间的巨大鸿沟，这是不可理解且无法逾越的鸿沟。羔羊不明白自己为何被带去屠杀，所以乖乖跟随，这是无知使然。即使后来羔羊突

五 思索的尾声

然明白自己要被宰杀,它也只会由于不明白自己无法逃脱才挣扎一下;另外,它的障碍还有食草动物的天然呆,因为它们根本不知道可以食肉。羔羊本来很容易理解薄荷酱为何美味可口,可是它无法想象自己的后腿如果烹制得当也可以成为口味不同之人的营养美食。这也是我们偏爱吃食草动物的原因,因为无论如何它们都不会吃我们。

男女两性之间的关系常常被歪曲,因为双方都不愿意承认肉体的功能其实就是肉之于肉食动物而非草之于食草动物。

一方对另一方的意图一无所知,这就造成受害方对掠食毫无防范,甚至显得好像双方狼狈为奸、串通一气似的,受害者似乎又在某种程度上应验了自己的宿命。但是,如果萨德式受害者看似都是由于默许主人拥有操控自己的权力才激励主人采取暴力,那么我们还是不要对这种流于表面的共谋大惊小怪。毕竟人们根本无法防御绝对暴政。

在《索多玛120天》中,受虐最严重的妻子康斯坦丝眼看着自己别无选择,只好用自己的舌头把丈夫的屁眼舔干净。"可怜的人儿,她早已习惯了这些恐怖日常,只能像个顺从贤惠的妻子那样执行这一切。啊,天哪!恐惧和奴役之后什么都会发生!"绝对暴政的定义就是绝对,一旦受害者被强权俘获,进入坚不可摧的城堡,他们已然生不如死。茱莉爱特和她的同伴一踏进岛上的堡垒,食人巨人明斯基就告诉她,她们现在都在他的控制之下,任由他处置。唐·克莱芒警告茱斯蒂娜,对树林圣玛利亚修道院的主人们进行抵抗毫无用处。索多玛的缩影西林城堡完全牢不可破,受害者进去之后道路就被毁掉了。受害者在这世上的一切印记都被抹去,他们虽然还没死,却只剩下自己的鬼魂在等死,肉体活在这世上也只是为了向他们揭示痛苦的无缘无故和不可避免,为了证明有限的生命本身只是一出惊人的悲剧,所有的肉体可能随时会变成死肉。

食尸癖展示出人肉具备多肉性,通过变假想为现实的方式戏拟了圣餐。明斯基家晚餐上烤熟的15岁男孩没经任何仪式便被端上了桌;对明斯基而言,他正好就是一顿美餐。明斯基宣称,他的健康、力量、年轻的容颜和丰富的精液都源自他日常的食人餐。食人是最初级的剥削行为,它直接把他人变成食物,用最原始的方式使用他人。

萨德说,强者凌辱、剥削弱者并把弱者变成死肉。他们必须而且一定会吞食天然的猎物。人类的原始情景无论怎样都无法改变;要么吃人,要么被吃。吃掉,消化,但是这个过程并未就此结束。排泄,再消化。食粪癖多么贪婪,竟然吃得下进食后从体内排泄出来的残余。

只有最激烈的转变——把天国变成世俗共和国才能推翻

五 思索的尾声

这种关系。在天国中,人是按照神的形象创造的,因此他是一个贪婪的、食人的、邪恶的、以自我为中心的暴君。由于神并不存在,人类必须把自己塑造得更加美好;一定要证明神并不存在,他就像一个邪恶的影子腐化着我们的制度,这便是萨德不断热情宣扬的无神论的源头。天国和世俗共和国都是超越君主制、宗教和民主的观念,它们与独裁主义和自由主义有关。

在这个上帝创造的世界里,两性关系是非人的。换句话说,在一个把本来只是由人际关系所造成的事件仍然归因于虚幻的形而上学的社会,男女自然性征的表现没有被看作人性的一部分。经过这样的异化,两性关系否定了相互依存的基础,不承认这世间存在会产生持久人际交往形式的平等权利。

两性关系由于被剥夺了自由交流的理念而毫无人道,它成了赤裸裸的残忍。肉体知识就是把活生生的肉体当作死肉的炼狱知识。明辨善恶的知识树上的果实被烹煮并端上了明斯基屋里的早餐桌,菜名分别是睾丸馅饼和处女血肠。

因此肉体经过神奇的转化变成死肉,这一切都不正常。在萨德的色情作品中,没有人死于正常原因,无人因年老或疾病而亡。死亡通常都是他人甚至是大自然施加的暴力刑罚。抑或死亡总是"自然而然的",毕竟大自然本身就是凶手。霹雳击毙了茱斯蒂娜,大自然和浪荡子们一样有效地杀害了这个姑娘。在萨德的书中，大自然就是《旧约》中那个残忍上帝的翻版。

在萨德的书中，死亡总是从鲜活变为不动的突然而暴烈的变形。死亡总是那样善恶无赦，那样罪行累累，那样渎神不敬，萨德一定觉得接受终有一死的事实与接受降生世间的事实一样艰难。

屠夫的活儿是把屠宰对象的活肉变成餐桌上的死肉，这活儿明斯基本人示范性地以交媾的暴力演示了，这种掠食的行为就是在声明主人和受害者之间存在鸿沟。相互之间心有戚戚是不可能的；对萨德式浪荡子而言，这想法委实令人憎恶，除非在某些特殊情况下，两个同属一类的人相遇并举行双方皆明白其意义的仪式。在这种情况下，暴力就是一种游戏。否则积极与被动、恶与善之间的二分法都是绝对的，而且被认为是阶级之间一成不变且不可改变的划分。

相互之间心有戚戚是不可能的，原因在于分享便是被抢掠。

茱斯蒂娜栖身唐·克莱芒的僧舍时，这个僧侣给她简述了性快感本质的经济学理论。克莱芒认为快感不够四处分享，他一定要全部独占，这与茱莉爱特如此富裕却负担不起救济金如出一辙。要是我把自己的快感分给别人，我自己拥有的必然减

五 思索的尾声

少;我要是给你半个苹果,那我也就只剩下半个。快感永远不可分享,否则它就会减少。分享快感就是背叛自己,主体宝贵的自负就要流失一些。克莱芒说,分享就是任人窃取;女人从男人那里偷得了性快感,她显然就减少了他自己的快感,目睹她的快感对他一无是处,只能满足一下虚荣心罢了。

既然虚荣心的满足不过是感情用事,那它就比真正的感官快感低级,应该遭到唾弃。再者说,男人的虚荣心可以获得更刺激的满足,手段是严厉地剥夺女性的快感,逼迫她以遭受明显的痛苦为代价来专门服侍男人获取快感。"一言以蔽之,难道不是那个颐指气使的人比那个与人分享的人更像主人吗?"克莱芒的快感本质上绝非性快感;他的快感其实是理智甚至智力的快感,是增强自我的那种快感。当快感残暴地摒弃了伴侣,自己快感的增强则是直接以受害者明显的不快作为代价的。于是自我知道它的存在。

因此性快感主要在于伴侣的服从,但是这还不够。消灭伴侣才是自我胜利的唯一充分证据。多尔芒斯宣称,勃起足以让男人成为暴君。多尔芒斯说,自豪让男人"希望自己是世上唯一能够经历这种感觉的人,看见另一人与自己有着同样的享受会把他降到和那个人平等的地位,这就削弱了独裁在他身上激起的难以名状的魅力"。

性高潮那独特的无我经验只有在独一无二的情况下体验才能充分享受，也许只发生在无人看到自我在高潮中迷失的时候。多尔芒斯喜欢从背后与女性性交，这个体位他看不到别人，别人也看不到他。

这样一来，性行为就变成了极度私密的事，只有性交感觉最强烈的伴侣表现出的紧张不安的躁动有点意思。暴君跟奴隶性交，如此行事绝对正当合理。多尔芒斯认为，大自然就是要让男人有优越感并成为独裁者，所以男人的体格比女人强健。进一步来说，性高潮体验起来如同狂怒，这是因为大自然就想让"交媾时的行为与愤怒时的行为相同"。

他把性无能的狂怒发泄到因惊吓过度而百依百顺、可能无法反应的对象身上，撕咬、啃食和玷污那让他又爱又恨的肉体。多尔芒斯说，所有男人都想在性活动中骚扰女性，这是他们天生优越性的表现。

请记住这是给女性听众所做的报告；圣安格和欧金妮听后鼓起掌来，因为他把她们归为主人实在是太棒了，她们也将获准随心所欲地横行霸道。力比多本身就是性力，它不分性别。这些"超女"洋溢着浓浓的力比多，她们也被归为侵略者。这些遗世独立的人追随着想象力的荒僻逻辑，他们标榜的阴茎至上

五 思索的尾声

论达到了类似清教一般惊人、严格的境地,就像高柱修士圣西米恩①一样。这是一群食肉动物的共谋。"我们,你们,夫人,还有我,那些像我们一样的人,我们才是唯一值得倾听的人!"

多尔芒斯的这番演讲令自己激动不已,他只好中断演说,开始鸡奸园丁奥古斯丁,所有在场者于是展开了一场几何方阵操演并一齐射精。然而集体游戏的同伙一起出场非但没有减轻反而加剧了这位浪荡子的孤独。浪荡子至高无上的性高潮并没有与同伴分享,只不过是碰巧同时发生罢了。浪荡子们平行或同时发生的性高潮无法交集。没有融合来困扰或干涉这种独一无二的体验。

在萨德看来,性快感完全是一种内在的体验。角色可以换来换去,女人可以变成男人,男人也可以变成女人;鞭笞者回头也会被鞭笞。但是主体快感的专属性不会被侵犯,因为性快感无非就是个人私密的神经震撼。努瓦瑟这样定义快感:"快感是什么?不过是性感原子或是从性感对象上散发出来的原子碰撞并点燃循环在我们神经元之洞中的电粒子时发生的状况。要完成快感的体验,碰撞必须极尽暴烈。"这是一种恶性的自淫,性快感并没有被当作体验来经历,它根本没有改变主体。

---

① 叙利亚隐修士,30 岁左右创立了一种奇特的苦修方式,即在叙利亚沙漠里建造了一根高柱,居其顶端思念上帝,历时 30 余年。

它完全是一种外部诱发的现象，其感受绝对私密，就像刀子切到你时它却不会受伤一样。

然而奇怪的是，萨德本人既是待宰的羔羊也是手握麻木不仁之刀的屠夫。根据清晰的记载，1772年的一个清晨，在马赛的一间卧室里，一个被雇来的姑娘用石楠扫帚鞭笞了萨德；他用刀子在壁炉架上刻下了挨打的次数。后来当他和这个姑娘交媾的时候，他的贴身男仆又鸡奸了他。据这个姑娘说，在这个金星日的早晨，萨德把他的仆人唤作"侯爷先生"，彻底颠倒了痛苦与快感、贵族与仆人。多尔芒斯对圣安格的兄弟喘息着说："哦，我的爱，我的老情人，请屈尊像女人那样侍候我吧。"他把一根橡胶阴茎递给欧金妮·德·米斯蒂瓦尔作为武器，用来鸡奸他。当他鞭笞她的时候，他用一种互侵的辩证法来安慰欧金妮："先做一会儿受害者吧，我可爱的天使，过一阵子就轮到你来折磨我了。"

萨德只能以剧烈颠倒表象的方式来设想互惠。互侵永远无法同时发生，只能以接续的方式出现，先是我，再是你；事实上，无论萨德的色情隐含的性观念有多么以阴茎为中心，鸡巴或阴茎这个男子气概的权杖却不是自主的状态，而是一种形态，从男人传到女人，从女人传到男人，从男人到男人，再从女人到女人，来来回回，就像一场室内游戏。

五　思索的尾声

我们不能把这些室内游戏与那些改变你的种种真实关系混同起来。萨德同类群体里的这些性活动是一种社交行为、公共活动、绝育狂欢，带有合唱的特性。它与动态艺术有某种关联。浪荡子们排列成构筑性基阵，疯狂性交，一同射精，全体倒下。他们就像拍集体照时那样排列自己，那是必须发动色情引擎的最复杂的力学，嘴对着阴部，鸡巴插入肛门，舌头舔着睾丸，手指拨弄阴蒂（此处的性功能并非20世纪的发现）。就像称职的家庭主妇整理储物柜一样，萨德在标准化的快感追求中想要一个容纳一切的地方且每样东西都各归其位。

披挂上适宜这些色情场合的花里胡哨的薄纱制服，在淫荡的闺房里集中或者像亵渎神明的贡品那样摆放在教堂的圣坛上，浪荡子们以训练有素的准确度呈现出非同寻常的舞台造型。在人物如此众多的活动中，私密程度之低不亚于在足球场上。

于是床就跟晚餐桌一样成为公众场所，也要受制于同样的正式交锋的规则。肉体失去了共性，它本是构成并区别我们的物质。相反，肉体在此获得了混淆种类和性别、男人和野兽、女人和家禽的功能。在这些精心编排的既抽象又异化的假面舞会中，主体本身变成了奢侈品。

浪荡子参加放荡的狂欢是为了加强独一无二、至高无上的自我意识,可是偏偏在人群和同伴中,他真正地迷失了自我。在欲望乃行为之功能而非行为乃欲望之功能的地方,欲望失去了令人不安的他者性;它不再是由自我发出的运动。欲望之箭掉头射向心脏并刺穿了它。

浪荡子选择与同谋而非爱人或伴侣相处。浪荡子不信任伴侣,伴侣让他产生感觉而非体验,这会剥夺他的快感。

同谋的在场保存了他的自我,避免了与互惠欲望的客体单面交锋,而互惠欲望本身既是被动的客体又是主动的主体。这样的伴侣作用于我们,我们也作用于他们;伴侣双方都因交换而改变,如果服从是相互的,那么侵犯也是相互的。这样的伴侣会向浪荡子表明性欲是存在的一个方面而非反存在的罪恶,然而浪荡子毕竟并不想知道这些。萨德认为性本身即罪,并把性表现视为暴力犯罪,如果这足以证明他具有根深蒂固的清教思想,那么浪荡子全部的快感无关感官,而在于清楚地知道自己在从事违禁活动。正是他的同谋的在场(全体从事同一项活动)才使他确信自己在犯罪。对性欲即罪恶的认识可保护他免受爱情的突袭。

如果他不是罪犯,他就不得不从模拟上帝形象的造物主的高位上退下来;他的罪行就是他的借口,是他的骄傲之源,也是他否定爱情之源。

五 思索的尾声

浪荡子的性倒错就表现为他将对爱情的否定付诸行动。弗洛伊德则认为，就恋尸癖、食粪癖和恋兽癖而言，"心理因素"十分有助于完成本能欲望向简单感官快感的转化。萨德式浪荡子骄傲地认识到此类活动属于"性倒错"，纵使他极力否定现行的变态概念；食粪、奸尸、人狗交是非常人的消遣方式，而这正是他为自己能这么做而感到骄傲的部分原因。然而这种朝着起初就令人大倒胃口的嗜好的转变是人为而非罪行。弗洛伊德说道："不可否认的是……完成后的转变虽然结果骇人，但它相当于一种把本能理想化的过程。也许再也没有其他方式比畸变的案例更能强烈地证明爱无所不能。"

浪荡子们的粪便热情把他们翻滚于其中的排泄物变成了安乐窝。浪荡子哲学家的快感在很大程度上源于对自己克服了最初恶感的认识。通过意志的操练，他们克服了嫌恶感，因此也在某种意义上从现实的束缚中解放了出来。他们认为从现实中解放出来就是自由，而自由之路必经厕所。然而战胜道德、美感、羞耻、嫌恶和恐惧，追求越来越复杂的私密感觉上的性，直接导致他们获得了孩子般的满足；越轨变成了退化，他们像婴儿一样把玩起了自己的粪便。

就连追求所有激情中最邪恶的谋杀激情最终也会让他们倒退回摇篮时期，他们并不是在成熟的过程中获得的这些趣味，只不过是把它们遗忘了。如今一旦摆脱了所有对成年人的束缚，他们又想起了这些趣味。弗洛伊德说："我们可以假定，残忍的冲动来自掌控的本能，出现在生殖器尚未承担其后来角色的性生活时期。"浪荡子们既无耻又暴力，这与容易残忍的儿童情况相同，因为后者还没有学到怜悯的能力；浪荡子们对这种"幼稚"的能力不屑一顾，因为他们自己还没有成熟到可以在唯我的世界里承认他者的存在。

正如西奥多·阿多诺和马克斯·霍克海默所说的那样，茱莉爱特象征着"退化中的智识快感"。她用文明自己的武器来攻击文明。她严格地操练着理性思想；她创造出诸多体系；她展现了钢铁般的自控力。她的意志战胜了痛苦、羞耻、嫌恶和道德障碍，直到她的行为倒退为儿童的多形性反常，儿童还不懂人对残忍的反对，因为从社会意义上讲，他们尚未完全成人。她的目的地始终是她起步的地方。意志的胜利为自己再造了一个乌托邦，其实就是幼儿的世界，这是一个充满无能和恐惧的噩梦般的世界，儿童由于自己的无能为力在此幻想出一种绝对的霸权。

然而想要逃避成人的工作世界是不可能的，但这个世界也被转变了。性满足只有以巨大的能量支出为代价才能获得。快感是一个严厉的工头。《索多玛120天》是暗黑版的新教伦

五 思索的尾声

理,而要获得作为利益的性高潮是如此艰辛,如此之多的痛苦和努力的成果——对利益的追逐直接通往地狱,一个纯粹物质的地狱。德格朗热夫人讲述的最后那个谋杀激情的名字就是"地狱游戏"。浪荡子在装扮成群魔的虐待者的协助下假扮为魔王;茱莉爱特在一次狂欢中同样也把圣丰装扮成恶魔。如果我们曾经需要用地狱观来安慰自己说还有比世间更糟糕的地方,那么现在已经不需要了。

详细描述快感会改变其性质,杜克洛在第一部作品中所述的浪荡子们的简单激情到了第三部就变得极尽详细之能事,成了错综复杂的暴行。

为了达到宝贵的性高潮,浪荡子现在只能一意孤行地在血海和粪便中穷追不舍。然而他越是竭尽全力,目标就离他越远。他不得不投入越来越多的精力去追逐性高潮;可依然如故,此事变得越来越难。他的仪式越详尽,需求就越抽象。他自己虚构的现实结构在他左右板结并将他囚禁起来。他原以为激情会将他从存在的牢笼中解放出来,殊不知这些激情却变成了禁锢他的笼子上的铁栅;原本为了给自己树立牺牲受害者的信心而在自己周围建造的舞台陈设却使他本人无法逃脱。在地狱游戏中,浪荡子自己与他的受害者一样身处地狱,不过受害者至少可以一死了之,而他却不能。

萨德的情色及其悲剧风格、陈设、扈从、祭品、面具和服装均保留着原始人鬼神学的某种特征。浪荡子们的确像被魔鬼附体之人。他们的性高潮恰似巫毒教鬼神的降临，摧枯拉朽，骇人听闻。明斯基那杀死伴侣的性高潮开场便是嗡嗡作响的大喊大叫。凯瑟琳大帝则是高声尖叫着恶语咒骂。迪朗发出可怕的惨叫，四肢痉挛抽搐，好似癫痫发作一般。圣丰的厉声惊叫、身体扭曲和各种诅咒令人震惊，他高潮时还近乎晕厥。这些描写都是酷刑的细节；这就是"宝贵的高潮，其特点是享受，是好也是坏"。

这样的危机过后，回归自我一定是屈尊降格的过程。浪荡子已被性高潮附体，在性高潮瞬间不可消减的永恒——我们从世间跌入的孔洞——之中，浪荡子犹如神明，然而这种既可怕又愉悦的状态来去无常。他突然闯入欲望的乌托邦，这里唯有自我存在；他从未像温柔的恋人们那样协商抵达那里的条件，而是强行夺取了乌托邦。瞧啊，英雄征服者来了。可是，顷刻之间，他又被驱逐出去，像路西法那样从天堂坠落到地狱。

自我的湮灭和肉体的复活，死于痛苦又从死亡中痛苦地回归，这就是萨德式性高潮的神圣戏剧。在这出戏剧中，肉体被当作工具来激发可怖快感的间歇性降临。这样的肉体中已毫无人性留存，它渴求的是圣餐的状态。它从来都不是爱情的工具。

在浪荡子残忍的孤寂中,只有爱情的可能性会使他领悟完美无瑕的恐怖。我们正是在这神圣的爱情恐怖中,从男女两性身上找到了所有反对女性解放的根源。

后　记
雷德·埃玛答沙朗东夫人

历史告诉我们，每个被压迫的阶级都是通过自己的努力才挣脱了奴役、获得了解放。女性要从中吸取教训，要明白她获取自由的力量有多大，她的自由就有多大。因此，尤为重要的是从自己内心开始的重生，去挣脱偏见、传统和习俗的束缚。在生活中要求各行各业平权皆公平合理，然而至关重要的权利则是爱与被爱的权利。的确，要让女性的部分解放变成完全彻底的真正解放，必须摒弃被爱以及做甜心和母亲就等于做奴隶或附庸的荒谬观点。两性二元论或两性代表了两个敌对世界的无稽之谈也必须摒弃。

小器必分，大器一统。让我们敞开胸襟，海纳百川。不要因眼前的繁杂琐事而忽视了最重要的东西。两性关系的真义容不得征服者和被征服者，它只有一条光明大道：毫无保留地奉献自我，去发现更丰盈、更深邃、更美好的自我。只有这样才能填补空虚，把女性解放的悲剧转化为欢乐，无边无际的欢乐。

埃玛·戈德曼《女性解放的悲剧》

参考文献

萨德的作品

Oeuvres complètes, 16 vols. (Cercle du Livre Precieux, Paris, 1966—7)

英译本

The Complete Justine, Philosophy in the Bedroom and other writings, tr. Richard Seaver and Austryn Wainhouse (Grove Press, New York, 1965)

The Hundred and Twenty Days at Sodom (Grove Press, New York, 1966)

萨德式女人

Juliette (Grove Press, New York, 1968)

其他文献

The Dialectics of Enlightenment, Theodor Adorno and Max Horkheimer, tr. John Cumming (Allen Lane, London, 1973)

Sade/Fourier/Loyola, Roland Barthes, tr. Richard Miller (Jonathan Cape, London, 1977)

L'Erotisme, Georges Bataille (Editions de Minuit, Paris, 1957)

Must We Burn Sade?, Simone de Beauvoir, with selections from his writings chosen by Paul Dinnage (John Calder, London, 1962)

Anthologie de l'Humeur Noir, ed. André Breton, Jean Jacques Pauvert (Paris, 1966)

Symbolic Wounds, Bruno Bettelheim (Thames and Hudson, London, 1955)

Life against Death: the Psychoanalytical Meaning of History, Norman O. Brown (Routledge & Kegan Paul,

London, 1959)

Black Skin White Masks, Frantz Fanon (MacGibbon & Kee, London, 1968)

Love and Death in the American Novel, Leslie Fiedler (Jonathan Cape, London, 1967)

Madness and Civilisation: a History of Insanity in the Age of Reason, Michel Foucault, tr. Richard Howard (Tavistock Publications, London, 1965)

Introductory Lectures on Psychoanalysis, Sigmund Freud, tr. James Strachey (Hogarth Press, London, revised edition of 1962)

New Introductory Lectures on Psychoanalysis, Sigmund Freud, tr. James Strachey (Hogarth Press, London, revised edition of 1962)

Beyond the Pleasure Principle, Sigmund Freud, tr. James Strachey (Hogarth Press, London, edition of 1961)

Three Essays on the Theory of Sexuality, Sigmund Freud, tr. James Strachey (Hogarth Press, London, revised edition of 1962)

The Life and Ideas of the Marquis de Sade, Geoffrey Gorer

(Panther, London, 1964)

Norma Jean: the Story of Marilyn Monroe, Fred Lawrence Guiles (W. H. Allen, London, 1969)

Leviathan, Thomas Hobbes, edited by C. B. Macpherson (Penguin, London, 1968)

Envy and Gratitude, Melanie Klein (Tavistock Publications, London, 1957)

"Kant avec Sade", Jacques Lacan, essay in *Ecrits II* (Editions de Seuil, Paris, 1971)

Marquis de Sade, Gilbert Lely, tr. Alec Brown (Paul Elek, London, 1961)

Psychoanalysis and Feminism, Juliet Mitchell (Allen Lane, London, 1974)

Marilyn, Norman Mailer (Hodder and Stoughton, London, 1973)

Not in God's Image, Julia O'Faolain and Lauro Martines (Temple Smith, London, 1973)

Art and Pornography, Morse Peckham (Basic Books, New York, 1969)

The Complete Works of François Rabelais, tr. Sir Thomas

Urquhart and Peter Motteux (Bodley Head, London, 1933)

The Marquis de Sade, Donald Thomas (Weidenfeld and Nicholson, London, 1977)

Earth Spirit, and Pandora's Box, Frank Wedekind, tr. Stephen Spender (Calder and Boyars, London, 1972)

Anarchism and Other Essays, Emma Goldman, with a new introduction by Richard Drinnon (Dover Publications, New York, 1969)

THE SADEIAN WOMAN: AN EXERCISE IN CULTURAL HISTORY
by ANGELA CARTER
Copyright: © The Estate of Angela Carter 1979
This edition arranged with ROGERS, COLERIDGE & WHITE LTD (RCW) through Big Apple Agency, Inc., Labuan, Malaysia.
Simplified Chinese edition copyright: 2021 NANJING UNIVERSITY PRESS
All rights reserved.

江苏省版权局著作权合同登记 图字：10-2020-11号

图书在版编目（CIP）数据

萨德式女人：文化史的操练／（英）安吉拉·卡特著；曹雷雨，姜丽译. —南京：南京大学出版社，2021.5(2022.2 重印)
书名原文：The Sadeian Woman: An Exercise in Cultural History
ISBN 978-7-305-24022-5

Ⅰ. ①萨… Ⅱ. ①安… ②曹… ③姜… Ⅲ. ①萨德(Marquis de Sade, Donatien Alphonse Francois)(1740-1814)—小说研究 Ⅳ. ①I565.094

中国版本图书馆CIP数据核字(2020)第259308号

出版发行	南京大学出版社
社　　址	南京市汉口路22号　　邮　编 210093
出版人	金鑫荣
书　　名	萨德式女人：文化史的操练
著　　者	[英]安吉拉·卡特
译　　者	曹雷雨　姜　丽
责任编辑	付　裕
照　　排	南京紫藤制版印务中心
印　　刷	江苏凤凰通达印刷有限公司
开　　本	880mm×1230mm　1/32　印张 6.75　字数 113千
版　　次	2021年5月第1版　2022年2月第4次印刷

ISBN 978-7-305-24022-5
定　　价　56.00元

网　　址：http://www.njupco.com
官方微博：http://weibo.com/njupco
官方微信：njupress
销售咨询：(025)83594756

＊ 版权所有，侵权必究
＊ 凡购买南大版图书，如有印装质量问题，请与所购图书销售部门联系调换